노자, 가파도에 가다

노자, 가파도에 가다

김경윤 지음

비움과 낮춤의 지혜를 배우는 * 노자 철학 소설

사계절

차례

프롤로그 6

1 가파도로 가다   10
『도덕경』일기 1   소국과민(小國寡民), 작은 나라 적은 인구

2 고양이의 가르침   24
『도덕경』일기 2   불언지교 무위지익(不言之教 無爲之益),
말 없는 가르침과 함 없음의 유익함

3 천천히 살다   39
『도덕경』일기 3   천리지행 시어족하(千里之行 始於足下),
천 리 길도 한 걸음부터

4 무지개다리를 건너다   57
『도덕경』일기 4   출생입사(出生入死), 누구나 태어나 죽는다

5 고양이 청년을 만나다   77
『도덕경』일기 5   지족불욕(知足不辱), 만족을 알아야
욕되지 않는다

6 쓰레기를 줍다   93

   『도덕경』 일기 6   상선약수(上善若水), 최고의 선은 물과 같다

7 고양이도서관을 만들다   108

   『도덕경』 일기 7   공수신퇴(功遂身退), 공을 세우면 물러나라

8 노자를 강의하다   126

   『도덕경』 일기 8   지인자지 자지자명(知人者智 自知者明),
                    남을 아는 것은 지혜, 자신을 아는 것은 밝음

9 사랑하며, 아끼며, 물러나며   143

   『도덕경』 일기 9   부유불거 시이불거(夫唯不居 是以不去),
                    머물지 않으니 떠남도 없다

10 마지막 수업   159

   『도덕경』 일기 10 아유삼보(我有三寶), 나는 세 가지 보물을
                    지니고 있다

에필로그 170

지식 노트 174

작가의 말 187

프롤로그

공공 기관 종이 사용 전면 금지.

2028년 4월 5일, 식목일 기념식장이 순간 술렁이기 시작했다. 기념식 축사에 담긴 대통령의 담화 내용은 인터넷을 통해 순식간에 퍼져 나갔다. 기대 반 우려 반 섞인 논평들이 앞다투어 발표되었다. 관련 부처와 공공 기관, 지방 자치 단체의 공무원들은 내심 올 게 왔다는 표정이었다.

전조는 이미 3년 전부터 보이기 시작했다. 2025년 새로 뽑힌 대통령은 취임 연설에서 급변하는 시대에 발맞추기 위한 5대 과제를 제시했다.

① 국민의 삶을 보살피는 사회 안전망 구축과 지역 균형 발전
② 인공지능 시대를 맞아 대대적인 인프라 구축과 전면적인 제도 개편

③ 기후 위기에 대응하는 생태 친화적 기업 육성과 지원

④ 미래 세대를 위한 교육 제도 개편과 창의성 교육

⑤ 과학 문화 강국으로 도약하기 위한 인재 양성과 전폭적 지원

이를 위해 대통령은 새로운 행정부를 구성하면서 전면적인 개혁을 시행했다. 그중에서도 특히 교육부의 변화가 급속도로 진행되었다. 초등학교부터 고등학교까지 인공지능이 본격적으로 도입되면서 교실의 풍경이 뒤바뀌었다.

2027년에는 '종이 교과서 없는 학교, 시험 없는 학교'라는 슬로건이 전면화되었다. 이제 모든 학생이 디지털 교과서, 그러니까 태블릿을 들여다보며 수업을 들었고, 학생들의 학습 과정은 자동으로 기록되어 실시간으로 학업 성취도가 평가되었다. 그에 따라 중간고사와 기말고사는 폐지되었고, 수능도 필요 없어졌다.

*

"이제 우리는 어떻게 되는 거야?"

대통령의 식목일 연설을 듣고 있던 국립중앙도서관 사서들은 관장의 표정을 살피며 서로에게 물었다. 종이책이 줄어드는 징조는 진작부터 감지되었다. 종이책은 줄어들고, 전자책이 늘어났다. 도서관은 이러한 흐름에 맞춰 조직을 개편하고, 운영 방식을 바꿔 나가고 있었다. 기존의 책들을 전산화하는 작업

도 착착 진행하고 있었다. 사서 인원은 감축하고, 인공지능 시스템 구축을 위한 인원들을 새로 충원했다. 종이책을 취급하는 직원들의 운명은 풍전등화, 바람 앞의 등불이었다.

"관장님, 무슨 조치가 있어야 하는 거 아닙니까?"

연설을 들으며 생각에 잠긴 도서관장은 질문을 던진 직원을 쳐다보았다. 그러나 별다른 대답은 하지 않았다. 세상이 변하면서 없어진 다른 직업처럼 도서관 사서도 사라지고 마는 걸까? 사서가 사라진 도서관은 어떻게 유지될까? 사서뿐 아니라 문서를 다루는 직종들은 모두 사라져 버리지 않을까? 출판사는? 작가는? 화가는? 이미 있는 책과 종이도 시간이 지나면 닳아 없어질 운명이지만, 모두 전산화되어 화면으로만 보는 시대가 오면 세상은 어떻게 될까? 그러다가 전기가 끊기거나 전기조차 생산할 수 없는 시대가 되면 문명은 어떻게 될까? 그렇다면 인간의 운명은?

도서관장은 자신의 시간이 끝났음을 직감했다. 그날 저녁 그는 사직서를 썼다. 105년 후한의 채륜이 개발한 종이도, 1440년대 요하네스 구텐베르크가 금속 활자를 발명하며 혁신한 인쇄술도 이제는 운명을 다한 것인가. 도서관장은 사직서를 쓰며 인간의 역사를 생각했다. 아니, 자신의 역사를 생각했다. 고문서 전공으로 연구직을 거쳐 국립중앙도서관 관장이 되기까지 30년의 세월이 흘렀다. 그동안 자신이 발굴하고 번역해 세상에 내놓은 책이 백 권이 넘었다. 살면서 하루도 책을 멀리한 적이 없었다. 오로지 책을 읽고 쓰며, 책과 더불어 살기를 소망하며 살아온 생애가 이제 저물어 가고 있음을 직감했다. 육십 평생이 일장춘몽, 한바탕의 봄 꿈 같았다.
　도서관장은 생각했다. '이제 어떻게 살 것인가?'

1* 가파도로 가다

도서관장은 은퇴 후 집에 틀어박혀 책을 읽으며 지내는 시간이 많아졌다. 평생을 책 속에서 살았기에 모아 놓은 책들이 서재를 가득 채우고 있었다. 서재에 틀어박혀 책만 읽으며 지내는 남편이 안쓰러운 듯 아내는 친구라도 만나라고 부추겼다. 자식들도 여행비를 보탤 테니 은퇴 기념 여행이라도 떠나시라고 말했다. 종일 꼼짝 안 하고 집 안에만 있는 모습을 가족들은 불안스레 바라보고 있었다. 도서관장은 은퇴 후 갑작스레 머리가 하얗게 세어 나이보다 부쩍 늙어 보였다.

따르릉~ 따르릉~ 핸드폰에서 고전적인 수신음이 울렸다.
"여보세요?"
"여보세요, 백양 씨?"
"네, 누구시죠?"

"나야, 미경이. 대학교 동창."

미경이? 자신의 이름을 부르고 내남없이 반말로 통화하는 사람은 거의 없었다. 백양은 은퇴한 도서관장의 이름이다. 성은 이. 백양은 기억을 더듬어 미경이란 이름을 찾고 있었다. 이름이 바로 떠오르지 않았다.

"……."

"기억 안 나니? 학교 다닐 때 같이 독서 동아리도 했었는데. 하긴 기억 안 날 수도 있겠다. 벌써 40년이 다 지난 일이니."

"그랬나요? 미안합니다. 그런데 무슨 일로 연락하셨나요?"

백양은 갑작스럽게 전화를 해서 반말로 말하는 동창에게 거리를 두며 존대로 답했다. 백양의 존대를 의식했는지 동창도 말투를 바꿨다.

"백양 씨 소식을 다른 동창에게 들었어요. 건형이라고 기억나요? 그 친구도 도서관에서 일하다가 이번에 직장을 그만두었다면서 백양 씨 사직 소식도 전해 줬어요."

건형은 잘 알고 있는 친구였다. 오랫동안 같이 도서관 일을 하면서 동고동락한 사이였다. 3년 전 제주도로 발령을 받고 내려갔던 그도 자기처럼 퇴직했다는 소식을 얼마 전에 들었다. 건형의 이름을 듣자, 미경의 젊은 시절 모습도 어렴풋이 떠올랐다. 생기발랄하고 당돌한 친구였다.

"아, 미경 씨. 이제야 기억나네요."

"호호호, 기억나? 그럼 동기 동창끼리 편하게 말해도 되지? 은퇴하고 별로 할 일도 없을 텐데, 건형이랑 제주도로 한번 놀러 오는 건 어때? 내가 가파도에 있거든. 다음 주에 건형이가 우리 집에 오는데, 한 달 동안 머물기로 했어. 그 김에 너도 와라. 얼굴이나 한번 보자."

　백양은 몇십 년 만에 전화해서 느닷없이 놀러 오라고 말하는 미경의 말에 즉답할 수 없었다. 생각해 본다고 대답하고 전화를 끊었다. 옆에서 엿듣고 있던 아내는 반색하며 시간도 많은데 친구들도 만날 겸 갔다 오라고 부추겼다. 살면서 집, 도서관, 학교만 다녔던 백양은 고개를 가로저었다. 그날 저녁 건형에게서 전화가 왔다. 지금까지 힘들게 일했으니 휴양 차원에서 자기랑 함께 가파도에서 지내보자고 얘기했다. 밤에 집으로 돌아온 아이들도 이 소식을 듣고 집은 걱정하지 마시고 푹 쉬다 오라고 등 떠밀다시피 했다. 백양은 생각조차 하지 않은 일인데, 가족들은 마치 다 성사된 것처럼 축하해 줬다. 친구의 느닷없는 초대와 가족의 아낌없는 응원을 백양은 매몰차게 거절하지 못했다. 갑작스러운 여행이었다.

*

　백양은 미경이 초대한 가파도에 대해 알아봤다. 가파도는 제주도에서 서남쪽으로 2.2킬로미터 떨어진 작은 섬이다. 북위 33도 10분 6초, 동경 126도 16분 17초에 위치한다. 면적은 0.9제곱킬로미터로 대한민국 최남단 섬인 마라도보다 세 배가 크다. 섬 둘레는 4킬로미터 남짓, 최고점이 20.5미터밖에 되지 않는 아주 낮은 섬이다. 공중에서 보면 가오리같이 생긴 섬. 파도에 파도가 더해진다고 하여 '가파도'라는 이름을 갖게 된 섬.

가파도로 가는 날, 백양은 짐을 단출하게 꾸렸다. 아침 일찍 집을 나설 때는 살짝 설레기까지 했다. 가끔 가족들과 여행을 다녀왔던 적은 있지만 혼자 한 달 동안 여행을 떠나는 것은 평생 처음 있는 일이었다. 아침 일찍 출발했지만, 가파도에 도착했을 때는 오후 늦은 시간이었다. 지하철 타고 김포공항으로, 비행기 타고 제주공항으로, 버스 타고 운진항으로, 배 타고 가파도로 가는 길은 꽤 멀었다. 교통편을 갈아탈 때마다 한 시간 남짓 기다려야 했다. 진짜로 산 넘고 물 건너 바다 건너 도착한 가파도 선착장에는 먼저 도착한 건형과 미경이 기다리고 있었다.

"오느라 고생했다. 힘들었지?"

건형은 백양의 짐을 받아들었고, 미경은 미소를 띠며 악수를 청했다. 백양은 갑작스러운 환대에 쑥스러우면서도 학창 시절로 돌아간 기분이 들어 오랜만에 활짝 웃었다. 오기를 잘했다고 생각했다. 선착장 부근을 날아다니는 갈매기들도, 대합실 주변을 떠도는 고양이들도, 자전거 대여소에 옹기종기 모여서 이야기를 나누는 주민들도 자신을 반기는 것 같았다. 5월, 따뜻한 날씨에 시원한 바닷바람이 불어 상쾌했다.

미경의 집까지는 걸어서 20분 정도 걸렸다. 섬 가운데를 가로지르는 마을 길에 들어서니 돌담 옆으로 너른 꽃밭이 펼쳐졌다. 탁 트인 들판을 보는 게 얼마 만인가. 마을 길 옆으로는 낮은 돌담에 아담한 집들이 옹기종기 모여 있었다. 낮은 섬, 낮은 집, 낮은 돌담. 백양은 마음이 푸근해지고 착 가라앉는 기분이 들었다. 평화롭구나.

선착장이 있는 상동 포구에서 반대편에 있는 하동 포구 쪽으로 가면 갈수록 집들이 많아졌다. 거리와 골목길은 벽화와 돌담으로 예쁘게 장식되어 있었다. 벽화는 가파도의 역사와 문화를 담고 있었고 돌담 너머에는 뿔소라로 장식한 아담한 가게들이 군데군데 문을 열고 있었다. 벽과 돌담 아래에는 이름 모를 꽃들이 다소곳이 낮게 피어 있었다. 미경은 동네 사람들과 마주칠 때마다 인사를 나누며 친구들을 소개했다. 동창이고 한 달 동안 자기네 집에 머물 거라는 소개에 동네 사람들도 웃는 얼굴로 반겨 주었다. 도시에서는 흔히 볼 수 없는 풍경이었다. 낯을 많이 가리는 백양은 쑥스럽게 인사를 하며 미경의 뒤를 따라 걸었다.

*

미경의 집은 '느영나영'이라는 가게가 있는 골목 끝에 자리 잡고 있었다. 앞마당으로 들어가니 어미 고양이와 새끼 고양이들이 뛰어놀고 있었다. 집은 안거리(안채)와 밖거리(바깥채), 그리고 창고로 구성되어 있었는데, 혼자서 살기에는 조금 커 보였다. 안거리에는 사람이 살고, 밖거리에는 고양이가 살게 꾸며 놓았다.

고양이들은 낯선 사람들을 경계하며 미경의 주위를 맴돌았다. 미경이 고양이들에게 사료를 주기 위해 밖거리로 들어가자 고양이들도 졸래졸래 미경을 따라 들어갔다. 건형과 백양은 이 모습을 신기한 듯 지켜보았다. 그러고 보니 백양은 오던 길에 사람보다 고양이를 더 많이 본 것 같았다.

"가파도에는 고양이가 많이 사나 봐."

"한 2백 마리쯤. 집고양이는 별로 없고 다 길고양이들이야."

"고양이들 먹이는 것도 일이겠다."

"내가 이러고 살아. 너희들도 배고프지? 어서 안으로 들어가자."

안으로 들어가니 작은 거실 양옆에는 방이 있었고, 거실 오른쪽 끝에 주방이 있었다. 정갈하고 깨끗하게 꾸민 공간이 주인의 성격을 보여 주는 듯했다. 백양과 건형을 식탁에 앉히고 미경은 미리 준비해 놓은 음식을 차리기 시작했다. 돼지갈비찜, 잡채, 뿔소라 회로 식탁이 가득 찼다. 구수한 된장국과 가파도 보리를 섞은 현미밥도 내왔다. 건형과 백양은 눈을 휘둥그레 뜨고 미경이 차린 음식을 바라보았다.

"진수성찬이지? 내가 오랜만에 친구들 덕에 실력 발휘 좀 했다. 차린 게 많으니 천천히들 드셔."

얼굴에 홍조를 띠고 수다를 떠는 미경의 모습을 보며 건형과 백양은 웃음을 머금었다. 작은 동창회가 열린 듯 마음이 열렸다. 옛 친구들과 정답게 살아온 이야기를 나누던 백양은 오랜만의 여행이어서 그런지 금세 졸음이 밀려왔고, 이내 꾸벅꾸벅 졸기 시작했다. 그런 백양의 모습을 눈치 챈 미경이 건넌방에

얇은 이부자리를 깔아 주었다. 백양은 잠시만 눈을 붙이겠다면서, 염치 불고하고 손님방에 들어가 누웠다. 닫힌 문 너머로 미경과 건형이 두런두런 이야기하는 소리가 들렸다.

얼마나 시간이 흘렀을까? 백양이 눈을 뜨고 방에서 나와 보니 식탁에는 건형만 있고 미경은 보이지 않았다. 백양은 건형을 보며 입 모양으로 '어디?'라고 물었고, 건형은 검지를 들어 안방을 가리키며 '저기'라고 표시했다. 백양은 조용히 식탁에 앉았다. 건형은 잔에 물을 채워 백양에게 건넸다.
"여태 안 잤어?"
"차 한잔하면서 이런저런 이야기 나누다 보니까 벌써 시간이 이렇게 됐네."
"재밌었겠네."
"반반."
"반반?"
"재미 반 슬픔 반."
백양은 건형을 쳐다보았고, 건형은 소리를 낮춰 미경의 이야기를 들려주었다. 건형이가 전한 미경의 소식을 요약하자면, 미경은 대학 졸업 후 서울에서 중소기업에 다니는 동갑내기와 결혼해 딸 둘을 낳고 잘 지냈다. 그런데 IMF 사태가 터지면서 남편이 직장을 잃고, 가세가 기울면서 자주 다투다가 결국 이혼했다. 미경은 고향인 제주도로 내려와 온갖 일을 해 가며 아이들을 키웠고, 장성한 딸들은 독립하여 결혼도 했다. 막상 딸 아이들이 눈앞에서 사라지자 미경은 달랑 혼자만 남았고, 결국 가파도로 들어와 홀로 고양이들을 키우며 살았다.

진부한 텔레비전 드라마나 주변에서 흔히 볼 수 있는 작은 흥망성쇠 이야기를 미경이 실제로 경험하고 있었다는 것. 백양은 미경이 혼자 지내다 보니 젊은 시절 동창이 보고 싶어져서 건형과 자신을 초대한 게 아닐까 미루어 짐작했다.

그런데 건형은 거기에서 이야기를 멈추지 않았다. 미경은 그렇게 한 5년 정도 가파도에 정붙이고 살고 있었는데, 건강 검진을 받다가 췌장암 말기라는 사실을 알았다. 딸들에게는 이 소식을 감추고 제주도 요양 병원에서 말년을 지내기로 했는데, 막상 가파도를 떠나려고 하니 데리고 살던 고양이 여섯 마리가 눈에 밟히더라고. 그래서 자기가 키우던 고양이 여섯 마리를 돌보는 사람에게 집을 주겠다고 마음먹었던 차, 두 사람의 퇴직 소식을 들었다고. 혹시나 하는 마음에 전화했는데, 둘 다 흔쾌히 오겠다고 해서 자신도 놀랐다고.

백양은 건형이 전하는 말도 안 되는 이야기를 들으며 '이놈들이 내가 일찍 잠들었다고 나를 놀리나?' 했다. 이혼은 무엇이며, 췌장암은 무엇이고, 요양 병원은 또 무엇이란 말인가? 그리고 고작 고양이 여섯 마리 때문에 멀쩡한 집 한 채를 내준단 말인가?

백양은 자기를 그만 놀리라고 건형에게 말했다. 그러나 건형의 진지한 표정은 풀리지 않았다. 아니, 오히려 건형의 눈에서 눈물이 흐르고 있었다. 백양은 이 막장 드라마 같은 이야기가 거짓 없는 사실임을 직감했다.

*

아침 햇살이 눈꺼풀 속으로 파고들어 백양은 찡그리면서 잠에서 깼다. 옆자리를 보니 건형이 보이지 않았다. 부스스 잠자리에서 일어나 거실로 나갔다. 건형은 커피를 내리고 있었다.
"이제 일어났어? 업어 가도 모를 정도로 아주 깊게 자던데."
"피곤했나 봐. 미경이는?"
건형은 대답 대신 종이 한 장을 내밀었다. 분홍색 편지지에 곱게 쓰인 글자들이 눈에 들어왔다. 글자가 동글동글하고 가로획도 원호처럼 휘어진 필체. 백양은 눈을 비비고 편지를 읽었다.

잘 잤니, 친구들.
우리 집에 찾아와 줘서 고마워. 제주에 사는 건형이랑은 자주 만났지만 백양이는 정말 오랜만이다, 그치?
아침 인사도 하지 못하고 집을 나서네. 사실 오늘이 요양 병원에 입원하는 날이거든. 얼굴 보고 인사하면 울 것 같고, 너희도 힘들어하겠지. 그런 이별은 싫어. 밤새 깨어 너희가 나누는 이야기를 들었어. 엿들으려고 한 건 아니지만 들리더라.
그렇게 됐어. 그러니 너무 슬퍼하지는 마. 얼마나 더 살지는 모르지만, 먼 곳에 있지는 않을 거야. 그렇다고 찾아오고 그러지는 마. 혹여 내가 이 세상과 인사를 나누게 된다면 마지막 한 번은 더 만나

겠네. 그렇게 한 번은 더 보자.

건형아, 네가 제주도로 내려와서 아주 큰 힘이 됐어. 보이지 않는 곳에서도 이모저모로 살뜰히 나를 보살펴 준 거 이미 알고 있었어. 고마워. 이 집과 고양이를 부탁해. 그래도 되겠지?

백양아, 우리가 처음 만났을 때는 푸릇푸릇한 젊음이었는데, 이제 희끗희끗한 노년이 되었네. 사실 나, 너를 처음 본 순간 가슴이 콩닥거렸어. 도서관에서 책을 보는 너의 모습이 참 근사했거든. 하지만 이제까지 이런 내 마음을 너에게 고백하지는 않았어. 이런 나의 마음을 알아채지는 못했지? 너는 이미 애인이 있었고, 그 사람과 결혼까지 해서 잘 살고 있으니까. 그냥 풋사랑의 고백이라고 생각해. 떠나기 전에 한 번은 너를 보고 싶었는데, 이제 봤으니 됐어.

우리 집에서 건형이랑 한 달 머물며 우리 고양이들을 잘 돌봐줘. 고양이들과 친해지다 보면 고양이들이 너를 돌볼지도 모르잖니? 나는 고양이 덕분에 힘들 때 견뎌 낼 수 있었어. 너도 힘든 일들이 있지? 고양이들이 너를 도와줄 거야.

나랑 헤어진다는 생각은 하지 마. 우리는 늘 서로 연결되어 있으니까. 내가 가파도에서 고양이랑 살면서 깨달은 지혜 중 하나야.

바람과 물결과 파도와 갈매기와 풀들과 꽃들과 바위와 물고기와 벌레들의 축복이 너희에게도 스며들기를. 고양이의 지혜가 너희와 연결되기를.

미경이가

백양은 편지를 탁자 위에 말없이 내려놓았다. 건형은 다 내린 커피를 조용히 잔에 채워 백양에게 내밀었다. 둘은 그렇게 오랫동안 앉아 있었다. 몸은 움직이지 않았지만 마음은 폭풍처럼 요동쳤다. 동창회인 줄 알고 가볍게 내려온 마음이 무거워졌다. 만남인 줄 알았는데 이별이었다. 인생이 한갓 꿈과 같았다.

　그날 저녁 백양은 집에서 가져온 책 한 권을 꺼냈다. 백양은 어디를 가나 가방에 책 한두 권씩은 넣어 다니는 버릇이 있었다. 이번에 챙긴 책은 노자의 『도덕경』이었다. 백양은 『도덕경』을 펼쳐, 같이 가져온 공책에 필사했다. 손으로 한 글자 한 글자 정성스럽게 쓰다 보면, 마음이 가라앉고 정신을 집중하게 된다. 그리고 필사한 내용을 명상하다 보면 근심이 사라지고 사물이 또렷이 보인다. 그 후에 백양은 자신의 이야기를 일기 쓰듯 덧붙였다. 읽기와 쓰기와 일기가 겹치는 일종의 명상록이었다.

『도덕경』 일기 1

소국과민(小國寡民), 작은 나라 적은 인구

나라를 작게 하고 인구를 적게 하십시오.

아무리 좋은 무기가 있더라도 쓰지 마십시오.

백성들이 죽음을 중히 여겨 멀리 이사 가는 일이 없도록 하십시오.

비록 배와 수레가 있어도 타지 말고,

갑옷과 무기가 있어도 내보이지 마십시오.

사람들이 간결하게 의사소통하도록 하십시오.

음식은 맛있게,

옷은 아름답게,

집은 편안하게,

풍속은 즐겁게 하십시오.

(그렇게 된다면) 이웃 나라가 서로 바라보이고,

닭 우는 소리 개 짖는 소리가 서로 들리지만,

사람들 늙어 죽을 때까지 서로 왕래하는 일이 없습니다.

『도덕경』 80장

노자는 중국 춘추 시대(기원전 770~기원전 403) 말기에 활동한 사상가다. 춘추 시대는 중국을 지배했던 주나라가 쇠퇴하고, 주변의 제후국들이 발호하는 혼란의 시대였다. 노자는 초나라에서 태어나 성장한 후, 주나라 왕실의 문서를 담당하는 고위 관료로 일했다. 그는 높은 지위에 있었으나, 자신의 지위를 이용하여 권력을 탐하지 않았다. 오히려 권력을 탐하고 부귀영화를 누리려는 사람들에 의해 사회가 어지러워지고 나라가 쇠퇴한다고 보았다.

그는 어떤 세상을 꿈꿨을까? 노자는 『도덕경』 80장에 자신이 꿈꾸는 세상을 묘사했다. 나라는 작고 사람은 적은 소국과민의 땅. 사람을 죽이는 무기도 없고 이사 가는 사람도 거의 없는 곳. 간결하게 말하고, 소박하게 살아가는 곳. 풍속이 즐거워 이웃 나라를 탐하지 않는 곳. 자신이 태어난 곳에서 안전하고 편안하게 살다가 죽을 수 있는 곳. 『도덕경』 80장은 노자의 이상향을 잘 말해 준다.

내가 도착한 가파도의 모습이 바로 그러하다. 배가 끊기면 왕래도 끊기는 땅! 노자가 왔다면 "바로 이곳이야!" 했을지도 모를 섬이다. 노자가 살았던 춘추 시대의 중국이나 내가 사는 21세기 대한민국이나 나라가 어지럽고, 욕망이 들끓어 바쁘고, 원하는 것을 이루지 못해 힘들기는 마찬가지다. 노자가 주나라 왕실을 떠났듯, 나는 국립중앙도서관을 떠났다. 은퇴 후 노자는 서쪽으로 사라졌다고 전해진다. 나는 남쪽으로 내려왔다. 노자는 자신의 이상향을 찾았을까? 내가 내려온 가파도는 이상향일까? 노자는 떠나며 『도덕경』을 남겼다는데, 나는 가파도에서 무엇을 남길 수 있을까?

대학 동창 미경이는 고양이 여섯 마리를 맡기고 요양 병원으로 들어갔다. 나는 건형이랑 이곳에서 고양이를 돌보며 지내게 되었다. 잘할 수 있을까? 미경이는 내가 고양이를 돌보면, 고양이도 나를 돌본다고 했다. 지켜볼 일이다.

2* 고양이의 가르침

 건형은 백양과 일주일 동안 함께 가파도에 머물렀다. 같이 산책도 하고, 밥도 지어 먹고, 반찬도 만들고, 필요한 물건들을 택배로 주문하고, 바닷가로 내려가 거북손이니 삿갓조개 등을 따 와서 찌개도 끓이고, 모슬포로 나가서 오일장도 다녀오고, 밤이면 고기를 굽거나 횟감을 얻어 와 맛보면서, 마치 사이좋은 형제처럼.
 일주일이 지나자 건형은 모슬포에 일이 있다며 잠시 나갔다 올 테니 백양더러 혼자 지내보라고 말했다. 혹시 백양에게 무슨 문제가 생기면 다시 들어오겠다며. 하지만 건형은 가파도로 돌아오지 않았다. 대신 전화로 새로 일이 생겨 바쁘다고 소식을 전해 왔다. 백양은 이제 가파도에 홀로 남았다.
 백양은 아침을 대충 때우고, 마당으로 나와 고양이들에게 사료를 주고 물그릇에 물을 채워 넣었다. 지난 일주일 동안은 주로 건형이 물과 사료를 줘서 고양이들이 머무는 밖거리에 들어갈 일이 별로 없었다. 백양은 밖거리에 들어가 고양이들이 사는 곳을 자세히 살펴보았다. 넓은 공간에는 고양이들이 가지고 노는 장난감이 무질서하게 널려 있었고, 화장실의 모래도 갈아줘야 했다. 사료 통에 남은 사료를 계산해 보니 한 달은 충분히 먹을 것 같았다. 방 한가운데 깔린 카펫은 한번 빨아야 할 것 같았다.

사료가 새로 담기자 부모 고양이와 새끼 고양이들이 다가와 우적대며 먹기 시작했다. 두 마리가 안 보인다. 괜히 걱정되어 주변을 살펴본다. 소리를 내어 불러 본다. 오지 않는다. 무슨 일이 생겼나? 마당으로 나와 사방을 찾아보았지만 보이지 않는다. 불안하다. 아침부터 이게 무슨 일인가. 마당에 나와 있는 간이의자에 앉아 기다려 본다. 두 마리가 마당으로 들어온다. 하나는 담장 너머 수풀 속에서, 하나는 뒷마당으로 통하는 문틈에서. 다행이다.

*

미경이네 집에는 고양이 여섯 마리가 산다. 부모 고양이 두 마리, 새끼 고양이 네 마리. 가파도에서 태어나 자란 고양이들이다. 새끼 고양이들은 장성한 고양이에 비하면 너무도 작다. 차라리 큰 쥐만 했다. 그 귀여운 모습을 지켜보고 있으면 시간

가는 줄 모른다. 마당으로 나비 한 마리가 날아들자, 고양이들의 눈동자가 호로롱 커지면서 사냥감이라도 발견한 듯 쳐다본다. 그중 한 마리가 살살 다가가 잽싸게 낚아채듯 앞발을 휘두른다. 나비는 잡히지 않고 날아가 버리고, 고양이는 멋쩍어하면서 딴청을 피운다. 어떤 고양이는 꽃밭으로 들어가 꽃냄새에 취한 듯 가만히 앉아 있고, 어떤 고양이는 햇살이 비치는 쪽으로 가서 가만히 눈을 감고, 어미 고양이는 새끼들이 노는 것을 멀찌감치 지켜보고, 아비 고양이는 간데없고.

　마당에 앉아 고양이 식구들을 구경하는 재미가 쏠쏠하다. 이대로 온종일이라도 있을 것 같다. 지구에 태어난 원초적 생명체들을 보는 것 같다. 원래 이렇게 살아야 한다는 것처럼. 인간들은 많은 것을 소유했음에도 못 살겠다고 푸념하는데, 고양이들은 아무것도 소유하지 않아도 저렇게 태평스럽게 살 수 있구나. 고양이에게 지혜를 얻을 수 있다고 한 미경의 말이 바로 이런 뜻이었나? 백양은 생각에 잠긴다. 백양은 핸드폰을 들어 고양이들의 모습을 사진에 담는다. 그리고 가족 채팅방에 보낸다.

오늘부터 가파도에서 혼자 지내요.
고양이들이랑 놀고 있는데
꼭 다른 세상에 온 기분이야.
고양이들에게 많은 걸 배우네.

고양이들이 이쁘네.
밥은 잘 챙겨 먹지요?

든든히 잘 먹고 있어요.
집에는 별일 없지요?

당신이 없으니 집이 조용해요.
아이들은 일찍 나가고 늦게 들어와요.
너무 좋아요. ^^

편안히 잘 지내요. ^^

당신도 여기는 걱정하지 말고
편안히 푹 쉬다가 와요.
휴가 받았다 생각하고. ^^

고양이의 가르침

*

메시지를 보내 놓고 백양은 곰곰 생각해 본다. 어릴 적 강아지를 키워 본 적은 있지만, 고양이는 처음이다. 고양이에 대해서 아는 게 거의 없었다. 고양이를 식구처럼 대접했던 미경은 어떤 마음이었을까? 시계를 보니 정오가 다 되어 간다. 배를 타고 모슬포로 나가 봐야겠다. 건형이가 근무했다는 송악도서관이 운진항에서 가깝다고 했으니, 한번 찾아가서 고양이에 대해 알아봐야겠다. 점심은 건형이랑 먹을까? 백양은 핸드폰을 들어 건형에게 연락했다.

"하루도 안 돼서 전화하는 건 뭐지? 힘들어?"

"아니, 나는 괜찮은데 고양이가 걱정돼서. 내가 고양이를 키워 본 적이 없잖아. 그래서 도서관에 가서 고양이 책 좀 빌려 보려고. 송악도서관에 가려고 하는데, 간 김에 너도 만날 수 있을까?"

"누가 도서관쟁이 아니랄까 봐. 알았어, 운진항에서 기다릴게. 12시 20분 배 타고 나올 거지?"

"응."

"그럼 운진항 주차장에서 보자."

운진항에 도착하니 건형이 손을 흔들어 보인다. 백양은 웃으며 건형의 차에 오른다. 도서관에 먼저 들러 책을 빌리고, 점심을 같이 먹기로 한다. 송악도서관은 운진항에서 걸어서 40분 거리, 차를 타면 10분 거리다. 건형과 함께 도서관으로 들어가니 직원들이 둘을 반갑게 맞이한다. 고양이 책을 찾아 다섯 권을 빌린다. 건형의 도서관 회원증을 사용한다. 배낭에 책을 넣고 차에 오른다. 건형이 맛있는 순댓국집이 있다면서 차를 몬다. 백양은 혼자 지낸 지 하루 만에 건형을 찾은 게 조금 민망해져 급히 가파도로 가는 배에 오른다. 건형은 웃으며 손을 흔들어 배웅한다. 백양은 가파도로 돌아와 해안 도로를 따라 섬 한 바퀴를 돈다. 기온은 높지만 시원한 바닷바람 덕에 상쾌한 산책이다. 백양은 해안 도로를 거닐며 숨을 크게 내쉰다. 그래 혼자 잘해 보는 거야, 결심한다.

*

백양이 홀로 지낸 지 일주일이 지났다. 밥을 꼬박꼬박 챙겨 먹고, 하루 두 번 섬 둘레를 산책한다. 뜨는 해를 바라보고, 지는 해를 기다린다. 끊임없이 오가는 파도를 바라본다. 바위에 앉아 고양이 책을 읽는다. 고양이 밥을 준다. 고양이랑 논다. 고양이를 바라본다. 사진에 담는다. 아무런 걱정 없이 하루를 시작하고 아무런 근심 없이 하루를 마감한다. 해가 뜨고, 바람이 불고, 비가 오고, 동물들이 노닌다. 배가 뜨고, 사람들이 들어왔다가 나간다. 골목이 붐볐다가 한산해진다. 배가 끊기는 오후 4시가 지나면 가파도는 돌연 침묵의 공간이 된다. 무인도처럼 조용하다. 하지만 집들 가까이 다가가면 두런거리는 소리가 들리고, 밥 짓는 냄새가 난다. 텔레비전 소리와 웃음소리가 들린다. 고양이들은 스며들듯 자신의 자리를 찾아간다. 백양도 어느덧 가파도의 풍경이 된다. 말없이 살아도 되는 법을 배운다.

하루는 마당에서 놀고 있는 고양이들을 쳐다보다가 문득 그들의 이름을 부르고 싶어진다. '야옹아~', '얘들아~', '나비야~' 하는 것 말고, 각각 특성에 맞는 이름을 부르고 싶다. 이름을 부른다는 것은 친해지고 싶다는 뜻이라는데, 난 혹시 이들과 친해지고 싶은 걸까? 이미 미경이가 부르던 이름이 있을 텐데, 괜히 내 욕심을 채우려고 하는 건 아닐까? 사람들이 저마다 자기 이름이 있듯이, 고양이들에게도 이름이 있을까? 이름을 짓는 행위는 인간만의 고유한 습관이 아닐까? 이런 쓸데없는 생각이 오가는 와중에도 고양이들을 관찰하며 이름을 짓고 있는 자기 모습에 백양은 피식 웃는다. 백양은 재미 삼아 자기만 아는 이름을 지어 보기로 한다. 김춘수 시인이 쓴 「꽃」이라는 시를 따라서, '내가 그의 이름을 불러 주기 전에는 그는 다만 한 마리 고양이에 지나지 않았다. 내가 그의 이름을 불러 주었을 때 그는 나에게로 와서 먹자, 비비자, 놀자, 달리자, 싸우자, 숨자가 되었다'라고 생각하며.

자, 그럼 먹자부터. 먹자는 고양이 집안의 식량 담당인 노란 점박이 어미 고양이다. 먹을 것이 떨어지거나 특식이 먹고 싶을 때 달려와 큰 소리로 항의하거나, 창문을 두드리며 백양의 일상을 깨우는 역할을 한다. 물론 제일 많이 먹고 먹는 걸 밝히기도 한다.

다음으로 비비자는 검은색 점박이 무늬를 가진, 꼬리 끝이

잘린 아비 고양이다. 그래서 그런지 뛸 때 약간 균형을 잃기도 한다. 꼬리가 잘린 사연은 알 도리가 없다. 비비자의 특징은 백양만 보면 주위를 돌며 몸을 비벼 댄다는 것이다. 그리고 백양이 만지기라도 할 양이면 머리를 비비며 가르랑거린다. 급기야는 바람이 시원하여 백양이 마루에서 살짝 낮잠이 들었을 때, 그 옆으로 슬그머니 다가와 같이 누워 자기도 했다.

다 성장한 두 고양이는 적극적으로 백양에게 달려와 뭔가를 요구했지만, 새끼 고양이들은 아직도 백양을 보면 피하고 숨는다. 그래서 새끼 고양이들은 조금 거리를 두고 관찰했다.

먼저 숨자는 노란 점박이 새끼 고양이다. 먹자와 판박이다. 둘은 자주 같이 있는 모습을 보인다. 하지만 백양이 가까이 다가가면 제일 먼저 숨어서 숨자. 다음으로 놀자는 이마에 호랑이처럼 줄무늬가 있고 다리가 하얗다. 호기심과 도전 정신이 가장 강한 새끼 고양이다. 꽃을 좋아하는지 꽃과 노는 것을 좋아한다. 한편 달리자는 줄무늬 없이 검은 점만 있는 새끼 고양이다. 관찰한 결과 이 집안 고양이 중에서 가장 많이 달린다. 마지막으로 싸우자는 가장 장난이 심한 새끼 고양이로, 팔에 완장처럼 줄무늬가 있다.

그나마 다행인 것은 처음에는 고양이들이 백양의 그림자만 비쳐도 화들짝 놀라 숨기 바빴는데, 요즘은 백양이 모습을 보여도 소 닭 보듯 한다는 것이다. 백양은 그나마 진일보한 것이라고 생각한다. 너무 가깝지도 너무 멀지도 않은, 딱 그 정도 거리면 된다.

*

고양이들에게도 특식이 있다. 고양이용 캔이나 츄르는 고양이들이 너무도 좋아하는 음식이다. 마치 인간이 특별한 날 국수를 먹듯이, 주말이 되면 백양은 고양이들에게 특식을 먹인다. 백양을 멀리하던 고양이들도 이때만큼은 발 앞에까지 다가와 츄르를 받아먹거나 밥그릇에 코를 박는다. 백양은 이 모습이 너무 귀여워서 소리를 내어 그들의 이름을 불러 본다.

"먹자야, 비비자야, 숨자야, 놀자야, 달리자야, 싸우자야."

다들 이름을 부르건 말건 아랑곳하지 않고 먹기 바쁜데, 어미 고양이 먹자가 먹다 말고 백양을 보며 야옹 하고 운다. 마치 '네 이름은 뭐야?'라고 묻는 표정으로. 백양은 자기가 고양이 말을 알아들었나 하는 착각에 빠진다.

"내 이름?"

"냐옹."

"궁금해?"

"냐옹."

"백양이야"라고 말하려다가, 고양이 가족 이름이 모두 '자'로 끝나니 자기도 '자'로 끝나는 이름이 좋겠다는 생각을 한다. 늙을 노(老) 자가 머리에 떠오른다. 백양은 자신을 고양이들에게 소개한다.

"내 이름은 노자야. 늙은이란 뜻이지."

"니야오?"

마치 "노자?"라고 되묻는 것처럼, 고양이들이 울었다.
"그래, 니야오. 노자!"
특식을 다 먹은 고양이들이 먹자의 소리를 따라 니야오, 하고 외친다. 그래서 백양은 고양이들에게 노자가 된다. 그렇게 백양과 고양이들이 통성명한다.

*

고양이들과 통성명을 나누던 날 밤, 백양은 다시 『도덕경』을 펼쳐 든다. 『도덕경』의 저자는 노자, 백양이 고양이들에게 자신의 이름으로 알려 준 바로 그 사람이다. 기원전 571년경 중국 남쪽 초나라에서 태어난 노자와 그 후로 2500년이 훌쩍 넘게 지나 대한민국에서 태어난 백양은 묘하게 겹치는 부분이 있다. 둘 다 도서관에서 공직 생활을 마쳤다는 것, 성이 이씨라는 것, 그리고 이름이 백양이라는 것. 백양의 대학 시절, 노자를 가르치던 교수가 출석부에서 백양의 이름을 보며 노자와 같다고 신기해했다. 물론 한자는 달랐지만. 노자 이름의 한자는 맏 백(伯)에 볕 양(陽)이고, 백양의 한자는 흰 백(白)에 버들 양(楊)이다. 교수는 묘한 인연이니 노자를 연구하면서 살아 보라고 권했다. 그 묘한 인연이 가파도까지 백양을 이끌었나? 그리고 이렇게 고양이를 돌보게 된 것일까? 고양이는 한자로 묘(猫)다. 참 묘한 인연이다.

그런데 개를 키우는 사람은 개 주인인데, 왜 고양이를 키우는 사람은 고양이 집사라고 말할까? 그렇다면 고양이가 주인? 아무것도 소유하지 않고 어디에도 매이지 않고 자유롭게 살아가는 고양이와, 살면서 뭔가를 자꾸 소유하려고 하고 항상 어딘가에 매여 고단하게 살아가는 인간의 처지를 따져 보면 고양이가 주인이고, 인간이 집사가 맞는 듯했다. 어쨌든 그렇게 백양은 고양이 집사가 되었다.

『도덕경』 일기 2

불언지교 무위지익(不言之敎 無爲之益),
말 없는 가르침과 함 없음의 유익함

세상의 지극한 부드러움이

세상의 지극한 단단함을 이기는 법

자신을 없애야 틈 없는 곳도 들어갈 수 있습니다.

그래서 나는 함 없음의 유익함을 압니다.

말 없는 가르침,

함 없음의 유익함

세상에 이보다 나은 것이 드뭅니다.

『도덕경』 43장

뜻하지 않게 고양이 여섯 마리와 가파도에서 살게 되었다. 처음에는 고양이도 개처럼 키우면 되는 줄 알았다. 그런데 아니었다. 개는 주인과 엄청난 유대감을 형성하며 식구처럼 지내지만, 고양이는 밥 줄 때를 빼고는 나를 외면했다. 왜 고양이 키우는 사람을 집사라고 하는지 알겠다. 개에게는 주인이지만, 고양이에게는 집사였다. 그렇게 살다 보니 개보다는 고양이가 편해졌다. 나도 혼자 지냈지만, 고양이도 혼자서 잘 지냈다. 필요하면 만나고, 평소에는 독립적인 생활을 하는 이 동물이 점점 마음에 든다. 어릴 때는 갯과였는데, 나이가 드니 고양잇과가 된 것일까.

나는 고양이들과 친하게 지내면서도 거리감을 느낀다. 집에 사는 고양이는 좀 더 가까이 다가오지만, 가끔 마당에 찾아드는 고양이들은 사료를 주는데도 데면데면하다. 나는 그게 편하다.『예언자』라는 책에서 칼릴 지브란은 "그대와 나 사이의 언덕에 일렁이는 파도를 두라"라고 말했는데, 이 적당한 거리감이 주는 긴장이 나를 훨씬 편안하게 한다. 외면하지는 않지만 지나치게 개입하지 않는 삶, 홀로 지내고 싶을 때 마음 편히 혼자가 되는 상태가 지금 나에게 어울리는 삶의 방식인 것 같다.

삶도 많이 유연해졌다. 선과 악을 쉽게 판단하지 않고, 아름다움과 추함의 경계도 희미해진다. 강경한 태도, 강한 언어, 강한 행동을 꺼린다. 강경함을 버리니 표정도 부드러워진다. 사람들이 나를 보고 '편안해 보인다'는 말을 많이 한다. 나를 드러내지 않고 사는 삶이 훨씬 자유로운 삶임을 알게 되었다. 될 수 있으면 일을 만들지 않으려 한다. 뭔가 해 볼까 의욕을 펼치다가도, '그렇게 평생을 분주히 살았는데 또?' 하면서 욕심을 접는다. 뭔가를 하는 것보다 뭔가 하지 않는 데에는 더 큰 용기가 필요하다는 것도 알게 되었다.

노자는『도덕경』에서 인위적으로 무언가를 행하는 유위(有爲)의 무익함과 자연의 순리를 거스르지 않고, 억지로 하지 않는 무위(無爲)의 유익함을 이야기했다. 지금 나는 살아 있는 노자, 고양이에게 새로 배우며 살고 있다. 부드러운 행동, 유연한 몸짓, 나른한 태도, 근심 없이 깊은 잠, 얽매이지 않고 자유로운 삶. 나는 고양이처럼 어슬렁거리며 동네를 돌아다니고, 걱정 없이 세상을 보고, 즐거이 깊은 잠에 빠지고, 별일 없이 살아간다. 이보다 좋은 삶이 있을까? 고양이들은 나를 말없이 가르친다.

3* 천천히 살다

 백양은 가파도 날씨를 가늠하기가 힘들었다. 날씨가 쾌청해서 빨래를 널어놓고 산책하러 나갔는데 도중에 소나기가 쏟아져 집으로 급히 돌아오는 날도 있었고, 하동마을에는 바람이 안 불어 고요한데 선착장이 있는 상동마을로 넘어가면 바람이 세차게 불기도 했다. 햇볕이 따가워서 땀이 줄줄 흐르다가도 바람이 시원해서 금세 땀을 식혔다. 백양은 이런 날씨의 변덕을 아무렇지도 않게 삶의 조건으로 삼아 살아가는 가파도 사람들에 비해, 더우면 덥다고 추우면 춥다고 불평하던 도시인의 삶이 얼마나 허약한가 하는 생각을 문득 했다.

 백양은 오전에 고양이를 돌보고 슬슬 해안가 산책로를 따라 섬을 돌아서 가파도를 드나드는 배표를 파는 상동 매표소에 도착했다. 대정읍에 오일장이 서서 구경도 할 겸 섬 밖으로 나갈

심산이다. 매표소에 도착하니 태람 아빠가 반갑게 맞이한다.

"이 선생님 오셨어요? 밖에 나가시려고요?"

"네, 오늘 오일장이 서니 쉬엄쉬엄 구경이나 하고 오려고요."

"오일장에 가시면 꼬마김밥 드셔 보세요. 맛있어요."

태람 아빠가 살갑게 대꾸했다. 백양은 태람 아빠에게 이모저모로 신세를 지고 있었다. 도시에서 내려온 백양은 제주도 방언이 낯설어 주민들과 인사만 나눌 뿐, 살갑게 말을 섞지 못하고 있었다. 그런데 태람 아빠는 아이들을 가파초등학교에 보내기 위해 도시에서 온 학부모였다. 그래서 백양은 궁금한 게 있으면 태람 아빠에게 묻곤 했는데, 직접 집으로 찾아와 문제를 해결해 주기도 했다.

"벌써 한 달이 다 되어 가는데, 지낼 만하세요?"

"덕분에요. 매일 바다를 보고 바닷바람을 맞고 지내다 보니 도시의 때가 벗겨지는 것 같아 좋아요."

"하하, 가파도야말로 자연의 보고지요. 그게 좋아 저도 아이들 데리고 여기에 왔는걸요."

"그래도 도시 생활이 그리울 텐데, 참 귀한 결단을 했네요?"

"선생님은 곧 떠나시지요?"

"그러게요. 벌써 한 달이 다 되어 가네요."

태람 아빠는 뭔가 이야기하고 싶은 게 있는 것 같은 표정으로 눈치를 살폈다.

"무슨 하고 싶은 얘기라도 있나요?"

"선생님, 혹시 가파도에 더 살고 싶지 않으세요?"

"뭐, 여유가 된다면 한 1년 정도 있고 싶기도 하지만……."
"혹시 매표원 어떠세요?"
"매표원이요?"
태람 아빠는 밝은 미소를 띠며, 말을 이어 갔다.
"제가 조만간 매표소 일을 그만두거든요. 일이 어려운 건 아니지만 컴퓨터를 다룰 줄 알아야 하고 차분히 자리를 지키는 일이라 영 마땅한 사람이 없어요. 제가 보기에 선생님이 딱인데."
"매표소에서 일할 젊은이가 없나요?"
"젊은이들은 나이가 차면 다 육지로 나가거나 본도(제주도)로 가서 일하려고 해요. 그리고 월급이 그리 많은 것도 아니라서……."
"으흠, 그렇군요. 생각해 보겠소. 언제까지 답을 줘야 하나요?"
"빠를수록 좋아요."

*

느닷없는 제안에 백양은 살짝 마음이 설렌다. 휴가가 끝나가면서 마음이 싱숭생숭했는데, 뭔가 출구가 생긴 것만 같다. 백양은 표를 끊고 배에 올라 건형에게 전화했다. 전화를 걸자마자 건형이 받았다.
"빨리도 받는다."
"내가 지금 전화를 하려고 했는데, 네가 전화를 한 거야."

"이심전심이네."

"뭐라고? 점심 같이 먹자고?"

백양은 킬킬거리며 점심 약속을 잡았다. 오일장 주차장 뒤편에 있는 오일장반점 짬뽕이 맛있다는 이야기를 들어서 같이 먹기로 했다. 식당은 장날이라 그런지 문전성시를 이뤘다. 간신히 자리를 잡고 앉아 짬뽕과 짜장면을 시켰다.

"그런데 무슨 일로?"

둘은 동시에 물었다. 건형은 웃으며 백양에게 먼저 말하라고 한다. 백양은 태람 아빠가 한 말을 전한다. 건형은 빙긋이 웃으며 "잘됐네"라고 말한다. 뭐가 잘됐다는 걸까? 건형은 내처 말한다.

"마침 네가 가면 집이 텅 빌 것 같아서, 내려온 김에 아예 1년 정도 살아 보면 어떻겠느냐고 말해 보려 했거든. 그런데 마침 일도 생기니 돈도 벌고 휴양도 하고, 일석이조 아니겠어? 그래서 잘됐다고 한 거야."

"미경이는?"

"아마도 못 돌아올 거야."

"······."

"미경이가 나한테 집을 부탁했는데, 내가 가파도에서 살 처지는 못 되고, 그렇다고 팔기도 좀 그렇고. 네가 집을 좀 관리하면서 살면 어떨까?"

"······그렇구나."

백양은 가파도에서 한 달 동안 살면서 정이 들었다. 한가하고 평온한 나날이었다. 고양이들도 부쩍 백양을 따랐다. 아침에 해 뜨는 것을 보고, 저녁에는 해 지는 것을 보는 일상도 도시에서는 결코 누릴 수 없는 자연이 주는 행복이었다. 백양은 건형과 헤어져 집으로 돌아와 가족에게 연락했다. 그동안의 사정을 이야기했더니 아내와 아이들은 평생 얻을 수 없는 정말 좋은 기회라며 집 걱정은 말고 지내보라고 오히려 반색했다. 가족과 전화를 마치고 마당에 나와 어두운 하늘을 바라본다. 하늘에 별들이 쏟아질 듯이 반짝인다. 백양의 눈동자도 순간 반짝였다.

*

쇠뿔도 단김에 빼랬다고, 백양은 아침에 매표소에 들러 태람 아빠에게 매표소 일을 하겠다고 말했다. 태람 아빠는 반색하며 너무 잘되었다고, 선사에는 자기가 잘 이야기해 보겠단다. 그러면서 직원이 되려면 우선 가파도 주민으로 등록을 해야 한다며 대정읍사무소에 가서 주소 이전 신고를 하라고 말한다. 도민이 되면 뱃삯도 천 원으로 줄어들고, 직원이 되면 무임으로 배를 탈 수 있다는 소식도 함께 전하며.

백양은 내친김에 배를 타고 나가 주소 이전을 하고, 주민등록증을 갱신한다. 그리고 송악도서관으로 가서 도서관 회원증을 만든다. 기념으로 고양이에 관한 책을 다섯 권 빌린다. 배낭에 책을 넣으니 제법 묵직하다. 서울시민에서 경기도민으로, 이제는 경기도민에서 제주도민으로 살아가는 삶. 마라도 다음으로 최남단에 있는 작은 섬인 가파도의 주민으로 살아가는 삶을 상상하니 마음이 푸근해진다. 예전에는 상상조차 하지 못한 삶이었다. 도시에서 태어나 평생을 도시인으로 살 것이라 생각했는데, 하늘은 하나의 문이 닫히면 다른 문을 열어 주는 것인가.

가파도행 여객선을 타고 돌아오면서 백양은 눈에 들어오는 모든 것에 인사한다. 송악산아, 산방산아, 단산아, 한라산아 잘 부탁한다. 하늘아, 구름아, 바람아, 파도야, 물고기야 잘 부탁한다. 바위야, 풀들아, 꽃들아, 낮은 집들아, 담장아 잘 부탁한다. 같이 잘 살아 보자. 백양은 선착장에 내려 만나는 주민들에게도 마치 신입생처럼 인사를 한다.

"오늘부터 저도 가파도 사람이 됐습니다. 잘 부탁합니다."

바닷가를 청소하던 해녀들에게, 대합실 뒤에서 자전거를 대여하는 주민에게도 인사를 한다. 한 분이 "아예 살러 완?" 하며 농을 친다. 백양은 웃음으로 답한다. 갑자기 가파도가 부쩍 가까워진 기분이다. 집으로 느긋하게 걸어가 노트를 펼친다.

이제 여행이 아니라 생활이다. 매표소 직원이 되면 1년은 성실하게 일해야 한다. 하루 일과도 달라져야 한다. 아침 8시 30분에 출근하여 오후 4시 30분에 퇴근하는 규칙적인 생활을 해야 한다. 삼시 세끼 잘 챙기고, 고양이들을 잘 보살피고, 관광객들에게 친절하고, 주민들과 친하게 지내고, 책을 읽고, 글을 쓰자. 하루에 한 바퀴 해안을 따라 걷자. 자연에 가까운 삶을 살아 보자. 이런저런 다짐을 번호를 매겨 가며 메모한다. 메모장을 뜯어 벽면에 붙인다.

*

　매표소 직원과 함께 선사에 가서 면접을 보고, 태람 아빠와 며칠간 매표 업무를 인수인계하고, 함께 매표를 해 보고, 드디어 혼자서 매표소에 앉아 근무하는 날. 백양은 태어나 처음 직장에 출근한 날처럼 긴장했다. 혼자 잘 해낼 수 있을까?
　세상은 점점 아날로그에서 디지털로 바뀌고 있다. 백양은 자신이 천상 아날로그적 인간임을 컴퓨터로 매표를 하며 깨닫는다. 손으로 글씨를 쓸 때는 엄지, 검지, 중지 세 손가락만 있으면 되지만, 자판에 타자를 칠 때는 다섯 손가락을 모두 사용해야 한다. 하지만 백양은 자판도 세 손가락으로 친다. 약지와 소지를 쓰는 건 익숙하지 않다.
　손으로 쓰는 글씨는 사람마다 달라 필체만 봐도 그 사람의 성격과 상태를 파악할 수 있다. 각진 글씨, 둥근 글씨, 정자체, 흘림체…… 힘차게 뻗어 나가고, 부드럽게 감싸고, 서툰 듯 삐뚤빼뚤하고, 능숙하게 획이 연결되고, 굵고, 가늘고, 흘러가고, 맺히고. 사람마다 필체가 모두 달랐다. 그래서 개성이 넘쳐났다. 백양은 나이를 먹어 감에 따라 변화하는 필체를 보며 자신의 상태를 파악하곤 했다. 하지만 컴퓨터가 보급되자 모든 사람의 글씨가 같아졌다. 백양은 참으로 편리한 세상이 되었지만, 개성은 사라져 버리는 것 같아 아쉬워했다. 백양은 발권기에서 찍혀 나오는 승선권을 보며 같은 모양, 같은 색깔, 같은 사람으로 변해 가는 세상이 돼 버린 것 같다는 생각을 했다.

"표 끊다 말고 무슨 생각을 경 햄지게?"

표를 끊으려 기다리던 해녀 삼촌이 소리를 친다. 정신이 번쩍 든다. 고개를 드니 표 시간을 바꾸거나 새로 표를 끊기 위해 기다리는 손님이 줄을 서 있다. 날씨가 갑자기 안 좋아지자 표를 바꾸려는 관광객들이 기다리고 있었다. 정신이 하나도 없다. 정신이 없으니, 손가락이 고장 난 것같이 잘 안 움직이고, 발권이 늦어진다. 진땀이 흐른다. 단순노동이라고 우습게 보아서는 안 된다. 한 번 밀리면 계속 밀린다.

갑자기 관광객이 많이 몰려와 백양은 점심시간에도 밥을 먹는 둥 마는 둥 했다. 오후 근무까지 모두 마치자 맥이 탁 풀렸다. 하루가 어떻게 갔는지 모르게 지나갔다. 마감하고 매표소 문을 닫고 집으로 가야 하지만, 잠시 의자에 기대어 눈을 감는다. 나이 들어서 새로운 일을 하려니 쉽지 않구나. 잘할 수 있을까?

*

그렇게 허둥대며 매표소에서 일한 지 일주일이 지나자 어느덧 일이 손에 익었다. 일이 손에 익자 시간에 여유가 생긴다. 반복되는 일이 주는 축복이다. 공자가 "배우고 때로 익히면 즐겁지 아니한가?"라고 물은 적이 있다. 모든 배움은 익힘으로 완성된다. 익히려면 시간이 필요하다. 그 익힘의 시간이 흐른 것인가? 간혹 실수하지만, 부쩍 매표 일에 익숙해진 자신을 보며 백양은 뿌듯함을 느낀다. 즐겁지 아니한가? 공자의 물음에 속으로 '즐겁다'라고 외친다. 나이가 들어도 배우고 익히는 것은 참으로 즐거운 일이다. 백양은 매표 일을 하며, 그 단순한 행위를 익히며 즐거워하고 있었다.

처음에는 나이 든 외지 사람이 매표 일을 잘할 수 있을까 걱정하던 주민들도 조금은 안심이 되는 듯, 백양을 쳐다보고 웃었다. 일을 한 지 한 달이 지나자 이제 주민들의 이름도 기억하고, 주민들과 농담을 섞으면서 표를 끊을 수 있었다. 관광객들의 시간 변경 요청에도 어렵지 않게 응대하고, 가파도에 처음 온 관광객들에게 가 볼 만한 곳을 지도에 표시해 주며 안내할 수도 있었다. 의식하지 않고 애써 마음을 쓰지 않아도 저절로 몸이 움직였다. 무심한 노동, 무심한 친절, 무심한 생활!

일을 마치고 집으로 걸어가는데, 자전거 대여소에서 일하는 평화 삼촌이 백양을 불렀다.

"어이!"

"네, 저 말입니까?"

"그려, 거기. 이리 함 와 보라."

백양은 무슨 일이 있나 싶어 자전거 대여소로 갔다. 삼촌은 자전거 대여소 문을 열어 놓은 채로 백양이 오는 것을 기다렸다.

"어디 산?"

"하동에서 지냅니다."

"하동 어디?"

"느영나영 골목 끝 집입니다."
"게민, 맨날 걸어 출근햄져?"
제주도 말은 어미가 짧다. '사느냐'는 '산'이 되고, '~했냐'는 '~핸'으로 말한다. 아마도 거친 바람과 파도의 영향으로 말의 어미를 짧게 하는 것 같다. 백양은 처음에는 잘 못 알아들었지만, 이제는 대충 알아들었다. 제주도 말을 공부해야겠다고 생각해서 사전도 사 두었다. 백양은 말없이 고개를 끄덕임으로써 걸어서 출근하고 있다는 것을 알렸다. 평화 삼촌은 자전거 대여소 안으로 백양을 이끌었다.
"이디 왕 자전거 하나 골라 보라."
"자전거를요?"
"이제 마을 주민도 됐시, 마을 일 하는데, 자전거 탕 댕깁서."
"그래도 되나요?"
"주민 된 기념으로 자전거 하나 주쿠다."
"감사합니다."
가파도 사람의 인심은 이렇게 은근하다. 오래도록 관찰하다가 필요한 것을 슬쩍 주는 것이 섬사람의 인심이다. 슬쩍 집 안을 살피고 김치를 놓고 가기도 하고, 매표소에 커피를 한 잔 놓고 가기도 했다. 그런데, 자전거는 좀 과하다 싶었다. 그래도 그 마음을 받기로 했다. 항상 걸으며 자전거가 한 대 있으면 좋겠다고 생각했다. 특히 급하게 이동해야 할 때나 출퇴근할 때 자전거는 참으로 유용한 탈것이었다. 자그마한 섬인 가파도에는 차가 별로 없다. 대부분 걷거나 오토바이나 전동차를 이용했다. 가게를 하는 집에는 손님이나 짐을 싣기 위해 승합차나 트럭이 있기는 했지만. 백양은 좀 낡았다 싶은 자전거를 하나 골랐다. 평화 삼촌은 자전거를 꺼내 바퀴 바람을 확인하고, 체인과 브레이크를 점검했다. 그러더니 한번 타 보라고 한다.

어릴 적에나 타고 정말 오랜만에 타 보는 자전거였다. 처음에는 자전거가 오락가락 뒤뚱댔지만 이내 방향을 잡고 속도를 높였다. 백양은 일부러 힘껏 자전거 페달을 밟아 보았다. 자전거가 씽하고 앞으로 나갔다. 회전하여 자전거 대여소까지 내달려 왔다. 멀리서 평화 삼촌이 흐뭇하게 쳐다보고 있었다. 백양은 자전거에서 내려 감사의 인사를 했다. 그랬더니 평화 삼촌은 대여소에 들어가 붉은 스프레이를 가져와 자전거 바큇살에 뿌렸다. 백양이 놀라 쳐다보자, 대여용 자전거와 구별하기 위해서란다. 아하!

"게민 내가 머성 불러야 될꺼? 이 선생이라 불러야 함수꽈?"

"저보다 연세도 많이 드셔 보이는데요. 편하게 부르세요."

"그렇다고 이 씨라 부를 수는 없다게."

"그럼, 이 서생이라고 부르시지요."

"서생?"

"책 읽는 사람이란 뜻이지요."

"선생이나, 서생이나."

"하하, 그런가요? 그럼 편하실 대로 부르십시오."

"그냥 이 선생이라고 부르쿠다."

"그러시지요."

백양은 선물받은 자전거를 타고 해안 길을 따라 섬 전체를 한 바퀴 달려 보았다. 자전거로 한 바퀴 도는 데 30분 정도 걸렸다. 다리에 힘을 주니 안 쓰던 근육이 놀랐는지 뻐근했다. 나이를 먹을수록 다리 근육이 약해진다는데, 걷기와 자전거 타기가 도움이 될 것 같았다. 도시에서는 주로 대중교통과 자가용을 탔는데, 가파도에 와서는 다리와 자전거가 이동 수단이 되었다.

섬을 한 바퀴 돈 백양은 마을 길로 들어섰다. 힘이 들어 자전거에서 내려 끌고 가는데, 가파초등학교 어린이들이 장난을 치며 내려오다가 백양을 보더니 인사를 한다.

"어디서 오는 길이니?"

"학교에서 축구하고 집에 가요."

"네 명이서?"

"골대 하나를 놓고 이 대 이로 했어요."

"학교는 다니기 재밌니?"

"그럼요. 할아버지는 자전거가 새로 생겼네요?"

"자전거방 할아버지가 선물로 줬어."

"그런데 자전거를 안 타고 끌고 가시네요?"

"섬 한 바퀴 돌았더니 힘들어서."

아이들이 깔깔깔 웃었다. 자전거를 타고 섬 한 바퀴를 도는 게 힘들다는 걸 모르는 걸까? 아이들은 다시 한번 인사를 하고는 재잘거리며 내려간다. 백양도 아이들에게 손을 흔들어 인사를 하며 집으로 간다.

노자는 『도덕경』에서 어린이를 예찬한다. 어린이들의 원기 충만하고 유연하고 부드러운 삶의 모습을 닮고 싶어 한다. 그에 비해 어른이 되면 원기가 떨어지고 거칠고 딱딱해지기 쉽다. 게다가 자기 몸을 쓰지 않고 기계에 의존해서 살아가면 몸이 점점 더 퇴화한다. 백양은 자신의 몸이 많이 퇴화했음을 절감한다.

자기 몸과 힘만으로 살아가는 건 불가능하지만, 문명의 이기에 사로잡혀 자기 몸을 점점 위축시키는 것은 바람직하지 않다. 피트니스니 헬스니 돈을 주고서라도 몸을 만든다고들 하는데 가파도에서는 걷고 자전거를 타며 몸을 건강하게 보살필 수 있겠구나. 백양은 집에 도착해 마당에서 땀을 식히며 이런 생각을 했다.

『도덕경』 일기 3

천리지행 시어족하(千里之行 始於足下),
천 리 길도 한 걸음부터

안정될 때 지키기 쉽고

조짐이 없을 때 도모하기 쉽고

무르면 자르기 쉽고

작으면 흩어지기 쉽습니다.

일이 생기기 전에 처리하고

혼란해지기 전에 다스리십시오.

아름드리나무도 싹에서 자랐고

높은 건물도 한 줌 흙에서 시작되었고

천 리 길도 한 걸음에서 시작됩니다.

이기고자 하면 지고

잡고자 하면 놓칩니다.

하여, 성인은 이기고자 하지 않기에 지지 않고

잡고자 하지 않기에 놓치지 않습니다.

사람들은 일할 때 거의 이루었다 실패하기도 합니다.

처음부터 끝까지 조심조심하면 실패하지 않습니다.

> 그래서 성인은 욕심내지 않기를 바라고
> 얻기 힘든 물건을 귀하게 여기지 않고
> 배우지 않은 것을 배우며
> 뭇사람들이 지나친 길로 돌아갑니다.
> 이로써 만물의 자연스러움을 회복합니다.
> 억지로 하지 않습니다.
>
> 『도덕경』 64장

노자의 『도덕경』 읽기는 느림과 깊은 관련이 있다. 일단 작품의 형식이 시라서 느리게 읽어야 제맛이다. 산문이 아닌 운문은 라임을 맞춰 읽어야 하므로 리듬도 필요하다. 알레그로가 아니라 안단테, 안단테다. 더군다나 노자의 시는 한 문장 한 문장 천천히 음미하며 감상해야 한다. 빠르게 빠르게 일을 처리하고픈 사람에게 노자의 시는 디딤돌이 아니라 장애물이다. 노자는 천천히 살기를 요구한다. 거친 숨을 가라앉히고 고요히 들숨과 날숨을 반복하기를 원한다. 한꺼번에 모든 일을 후다닥 처리하는 것이 아니라, 천천히 하나하나 작게 쪼개서 정성을 다하여 조심조심 임하기를 기대한다.

작은 일에 정성을 다하는 사람은 큰일을 맡을 수 있지만, 큰일을 이루겠다면서 세세한 일에 약한 사람은 결국 거의 다 이루었다 하더라도 실패한다고 경고한다. 작은 일이 큰일이다. 일상적인 일들 하나하나가 거룩한 일이다. 서두르지 마라. 높은 건물도 한 줌 흙에서 시작하고, 천 리 길도 한 걸음에서 시작한다. 그렇게『도덕경』 64장은 느리게 차근차근, 정성껏 작성되었다.

가파도에 와서 지내다 보니 자연스럽게 많이 걸을 수밖에 없다. 섬 이곳저곳을 오가는 내 주요 이동 수단은 발과 자전거다. 바쁠 때는 자전거를 타고, 한가할 때는 걷는다. 별다른 운동을 하지 않는데도 체중이 준 건 모두 자전거 타기와 걷기 덕분인 듯하다.

이제 나는 자전거와도 친해질 것이다. 중고등학교 시절 자전거로 통학해 본 적이 있다. 아침 일찍 집을 나서며 자전거 페달을 밟을 때의 상쾌함을 지금도 기억한다. 그때는 젊어서 힘차게 달리면 버스를 따라잡기도 했지만, 이제는 나이가 들어 전속력으로 달리기는 힘들다. 그냥 천천히 내 호흡과 힘에 맞춰 자전거를 모는 게 즐겁다. 바쁘게 살 이유도 없고, 빨리 이동해야 할 곳도 없다. 이 작은 섬과 자전거는 정말 잘 어울린다. 행복이 자전거를 타고 올까?

4* 무지개다리를 건너다

 무더운 여름이 지나가고 가을이 왔다. 청보리를 수확한 밭에 뿌린 노랑코스모스가 노란 자태를 드러내며 하늘하늘 흔들리고 있었다. 이번 여름은 유난히도 무더웠다. 무덥기만 한 게 아니라 무섭기도 했다. 기후 변화 탓인지 날씨를 종잡을 수가 없었다. 멀쩡하던 하늘에서 비가 쏟아지는가 하면, 잔잔했던 파도가 언제 그랬냐는 듯 일렁였다. 일주일에 이삼일은 풍랑주의보로 배가 뜨지 않았다.

 배가 뜨지 않으면 주민들은 발이 묶여 섬 바깥으로 나갈 수 없었고, 관광객도 들어오지 못했다. 배편이 끊겨 관광객이 들어오지 않는 날이면 가게들은 문을 닫고, 주민들도 바깥출입을 하지 않고 집 안에 머물렀다. 흥성이던 섬이 갑자기 무인도처럼 조용해졌다. 일하고 싶어도 일할 수 없는 날이 많아졌다.

도시에서만 살던 백양은 날씨의 변화에 따라 주민들의 삶이 확확 바뀌고, 주변의 풍경과 분위기가 변하는 것에 처음에는 어리둥절했다가, 이제는 그마저도 익숙해졌다. 도시에서는 날씨와 관계없이 살았지만, 가파도에서는 날씨에 순응하며 살아야 했다. 태곳적의 삶은 어떠했을까?
　때늦은 태풍이 불어오던 날, 마을 어른들은 태풍이라도 힘차게 불어서 바다를 뒤집어 놔야 물속 생명도 잘 자란다고 말했다. 태풍이 부는 때는 모든 생명이 멈추는 것이 아니라 모든 생명이 새롭게 태어나는 시간이라고, 날씨가 좋은 때만 감사하는 것이 아니라, 좋지 않은 때도 감사해야 한다고 섬사람들은 믿었다. 하늘은 사람에게만 좋은 일을 하는 게 아니라, 모든 생명에게 좋은 일을 하는 것이다. 그러니 하늘을 원망하는 일 따위는 하지 말아야 한다.
　섬에서 태어나 섬에서 자라고 섬에서 늙고 죽는 사람들의 세월보다 훨씬 오랫동안 풀이며 나무며 새며 물고기며 다들 그렇게 하늘과 더불어 살았다. 그에 비해 나는 얼마나 작고 작은 존재인가? 백양은 그렇게 생각했다.
　풍랑주의보가 해제된 날, 아침 일찍 일어나 밥을 지어 먹고 자전거를 타고 출근하던 길에 태람 아빠를 만났다. 태람 아빠는 이미 새벽 일을 마치고 집으로 돌아가는 길이었다. 태람 아빠는 매표소 일을 그만두고는 가파도 해안가 쓰레기를 수거하는 일을 하고 있었다. 몸은 힘들지만, 시간이 훨씬 자유롭고 수당도 높아서 택한 일이었다.

"일하고 와요?"

"아, 네. 일찍 출근하시네요. 매표소 일이 힘들지는 않으세요?"

"힘들기는, 덕분에 일도 하고 즐겁게 지내고 있어요."

"선생님, 오늘 점심때 시간 있으세요?"

"시간이야 넘치지요."

"그럼 저랑 이따 점심 식사 해요."

"나랑 점심을? 무슨 일이 있소?"

태람 아빠는 싱긋 웃으면서 이야기는 이따 하겠다며 12시 반으로 약속을 잡는다. 오전에 관광객이 몰리더니 점심시간이 되자 뜸했다. 태람 아빠는 12시쯤에 매표소로 내려왔다. 점심시간이라는 안내판을 올려놓고 백양은 태람 아빠와 천천히 '꼬닥꼬닥 걸으멍'이라는 김밥집으로 향했다. 태람 아빠의 일하느라 검게 탄 피부가 보기 좋았다.

"안녕하세요."

"어서 오세요."

가파초등학교 급식실에서 일하다 가게를 차려서 주민들에게 인기가 많은 주인장이 반갑게 맞이한다. 관광 철에는 점심시간도 부족해서 김밥을 사 먹었는데, 가파도에서 유일하게 김밥을 파는 집이다. 가파도 청보리 김밥은 맛도 좋고 영양가도 풍부해서 백양도 종종 사 먹곤 했다.

"오늘은 제가 쏘는 거니까, 마음 놓고 드세요."

태람 아빠가 웃으며 말했다. 백양도 따라 웃으며 응수한다.

"그럼 오늘은 뷔페식으로 먹어 볼까?"

"드시고 싶은 거 다 드세요."

청보리 김밥, 해물파전, 인절미 와플, 청보리 미숫가루를 시켰다. 좀 있자 식탁이 음식으로 가득 찼다. 오랜만에 차리는 진수성찬이라며 미숫가루는 서비스로 드린다고 가게 주인이 눈웃음을 쳤다.

"덕분에 잘 먹겠습니다."

둘은 인사를 하고 시원한 청보리 미숫가루를 한잔하면서 차려 놓은 음식을 먹기 시작했다. 태람 아빠는 먹던 김밥을 꿀꺽 삼키고 말했다.

"선생님, 혹시 가파초등학교에서 방과 후에 독서 지도를 해 주실 수 있나요?"

"내가요?"

"네, 아이들이 스마트폰에만 빠져서 책을 읽지를 않아요. 학교도 거의 모든 수업을 책 없이 하다 보니 아이들이 책을 잊어버리지 않을까 걱정되네요."

"하긴, 예전에는 모르면 선생님께 묻거나 책에서 찾았는데, 요즘은 모두 검색창에서 해결하니 책이 필요 없는 세상이 되긴 했지요."

"게다가 학교 도서관에 책이 넘치는데, 이를 활용하는 교사가 별로 없어서 도서관도 놀다시피 하네요."

"도서관이 놀아요?"

백양은 갑자기 자기 일처럼 놀라서 목소리를 높였다.

"그러니까요."

태람 아빠는 맞장구를 쳤다.

"제가 학교 운영위원장이거든요. 그래서 교장 선생님께 말씀을 드려 봤더니 교장 선생님도 좋은 생각이라며 이 선생님께 한번 부탁해 보자고 해서요. 제가 그 중차대한 임무를 맡고 지금 선생님을 만나 뵙고 있는 겁니다, 하하하."

*

태람 아빠의 달콤한 제안을 백양은 망설이지 않고 승낙했다. 그리하여 여차저차 절차를 밟아 가파초등학교 도서관 독서 지도 교사가 되었다. 일단은 5학년과 6학년을 지도하기로 했는데, 학교 전체 학생이 열 명이었고 5, 6학년은 세 명이었다. 백양이 처음으로 세 학생을 만나는 날이 왔다. 아이들은 매표소를 오가며 마주치면 인사를 나눴기에 이미 다 알고 지내는 사이였다.

"자, 오늘은 여러분에게 독서 지도를 하기 위해서 이백양 선생님께서 오셨어요. 박수로 환영할까요?"

"아, 매표소 할아버지다."

아이들이 손뼉을 치며 말했다. 백양은 가볍게 눈인사로 아이들과 인사했다.

"잘 부탁합니다. 내 이름은 이, 백, 양입니다."

아이들은 각기 자기 이름을 말했다. 태람, 시원, 명진.

이미 서로 잘 알고 있는 사이였기에, 교장 선생님이 자리를 떠나자마자 아이들은 왁자지껄 떠들었다. 백양은 이 모습을 잠깐 흐뭇하게 바라보았다.
"자, 자, 자, 얘들아. 오늘은 첫 시간이니까 도서관과 친해지는 일부터 할까?"
"어떻게요?"
명진이가 물었다.
"혹시 도서관 청소시키시는 건 아니죠?"
시원이가 웃으며 물었다.
"설마?"
태람이가 백양을 쳐다본다.
"그런 건 아니고."
백양도 웃으며 답했다. 그러고는 화제를 바꿔서 아이들에게 물었다.
"가파도에서 제일 많이 보이는 동물은?"
"고양이요."
시원이가 시원하게 대답했다.
"우리 집 골목에 고양이들이 엄청 많아요."
태람이도 덧붙였다.
"맞아, 내가 동네를 돌아다니면서 대충 헤아려 봤는데, 한 2백 마리쯤 되더라."
아이들은 모두 눈이 동그래져서 이구동성으로, "그렇게나 많아요?" 하고 묻는다.
"주민들보다 숫자가 많을걸?"

백양이 웃으며 말했다.

"거짓말."

"아니야, 너희들도 동네 돌아다니며 세어 봐라."

"내기해요."

승부욕이 강한 명진이가 말한다.

"알았다. 너희들이 맞으면 내가 핫도그 하나씩 쏜다."

"정말이요?"

시원이가 묻는다.

"그럼. 대신 구석구석 찾아봐야 해."

백양이 말했다.

"그런데 도서관하고는 어떻게 친해져요?"

삼천포로 빠지던 이야기를 명진이 돌려놓는다.

"우와, 명진이가 본론으로 돌아왔네."

"그러니까요, 우리가 어떻게 도서관이랑 친해져요? 설마 책 정리하라고 하시는 건 아니죠?"

시원이가 의심의 눈빛을 띠고 말한다.

"설마, 오늘 우리가 고양이 이야기를 했으니까. 오늘은 도서관에서 고양이에 관한 책을 한 권씩 찾아보기로 하자."

"고양이 책이요?"

태람이가 묻는다.

"그래, 고양이에 관한 책이면 무엇이든지!"

아이들은 알았다는 듯 고개를 끄덕이고, 도서관 서가를 뒤지기 시작했다. 5분도 안 돼서 한 권씩 찾아 왔다.

"우와, 벌써 찾았어? 그럼 자기가 찾은 책이 무엇인지 제목을 말해 볼까? 명진이부터 말해 볼래?"

"제가 고른 책은 『100만 번 산 고양이』예요. 예전에 엄마가 읽어 주셨던 것이 기억나서 금세 골랐어요."

"시원이는?"

"제가 고른 책은 『고양이 해결사 깜냥』이에요."

"그럼 태람이는?"

"저는 『도서관 고양이』라는 그림책이요."

"정말 잘 찾았다. 두 명은 그림책을, 한 명은 동화책을 골랐네. 동화책은 기니까 나중에 시간을 내서 읽기로 하고, 오늘은 그림책을 한번 읽어 볼까? 명진이가 고른 『100만 번 산 고양이』를 읽어 줄래?"

명진이는 아이들 쪽으로 책을 펼쳐 보이면서 읽기 시작했다.

"백만 년이나 죽지 않은 고양이가 있었습니다. 백만 번이나 죽고 백만 번이나 살았던 것이죠. 정말 멋진 얼룩 고양이였습니다. 백만 명의 사람이 그 고양이를 귀여워했고, 백만 명의 사람이 그 고양이가 죽었을 때 울었습니다. 고양이는 단 한 번도 울지 않았습니다."

아이들은 명진이가 읽어 주는 그림책 이야기에 흠뻑 빠져들었다. 백양도 오랜만에 읽는 그림책 속 이야기에 몰두했다. 명진이가 읽기를 마치자 시원이가 훌쩍였다. 백양도 가슴이 뭉클해졌다. 백만 번이나 살면서도 한 번도 울지 않았던 고양이가 결국 울었던 것처럼, 아이들의 가슴속 깊은 곳에 있었던 눈물

샘이 터진 것이다.

　백양은 아이들이 생각에 잠겨 있는 동안 가만히 기다렸다. 아이들의 감정이 잦아들고 백양은 입을 열었다.

　"책을 읽는 것은 우리의 관심사를 넓히기도 하지만, 숨어 있던 우리의 마음을 찾아내기도 하지. 고양이의 마음과 우리의 마음이 연결되어, 무뎌졌던 마음이 보송보송 부드러워지기도 하잖아. 이 마음을 발견하고 잘 가꾸는 것이 도서관과 친해지는 첫 번째 방법이야. 어때요? 오늘 수업 괜찮았나요?"

　아이들은 이구동성으로 "네!"라고 말했다.

　"다음 시간에는 시원이와 태람이가 고른 책을 이야기해 볼까요?"

　아이들은 책을 빌려 가방에 넣고 씩씩하게 걸어 교문을 나섰다. 아이들의 뒷모습이 행복해 보였다. 수업이 끝날 때까지 기다리고 있었던 교장 선생님과 태람 아빠가 백양에게 인사를 했다. 백양도 그들에게 인사했다. 아무 말 하지 않아도 모두가 알아차리고 있었다. 오랜만에 아이들이 책을 읽고 즐거워하고 있다는 것을.

*

　백양의 독서 지도 수업은 겨울방학 전까지 계속되었다. 백양은 아이들이 고른 책을 함께 읽기도 하고, 자신이 읽고 있는 책을 소개하기도 했다. 고학년과 저학년 아이들이 함께하는 수업도 새로 진행했다. 지도를 가지고 가파도 구석구석을 돌아다니며 고양이 숫자를 파악하는 '가파도 고양이 탐험대' 수업이었다. 아이들과 함께 가파도 고양이 숫자를 헤아려 보니 총 187마리였다. 백양은 모든 아이에게 핫도그를 사 줬다. 약속은 약속이니까.

방학이 되기 전에 『가파도 고양이 탐험대 보고서』라는 책자도 만들었다. 책자에는 가파도 고양이 지도뿐 아니라, 그동안 읽은 고양이 책에 대한 소개, 그리고 아이들이 지은 고양이 시도 실었다.

노자네 고양이들

가파도에는 이상한 할아버지가 산다.
낮에는 매표소에서 일하고
저녁에는 도서관에서 가르친다.
밤이 되면 집에서 고양이를 기르신다.

고양이들의 이름도 웃기다.
먹자, 비비자, 놀자, 달리자, 싸우자, 숨자.
할아버지는 자기는 늙었다며
노자라고 말한다.

우리는 할아버지네 고양이를

노자네 고양이들이라 부른다.
노자 할아버지는 고양이를 보고 웃는다.
노자네 고양이들은 할아버지를 보고 논다.

우리는
노자 할아버지에게 배운다.
노자 할아버지는 고양이를 보고 배운다고 말한다.
그럼, 우리 선생님은 노자인가? 고양인가?

명진이가 쓴 시다. 방학식 날, 아이들과 학부모, 그리고 동네 주민들이 모여 발표회를 했다. 그때 백양은 이 시를 학부모들에게 읽어 주었다. 백양도 웃고, 선생님들도 웃고, 아이들도 웃고, 학부모도 웃고, 주민들도 웃었다. 그렇게 겨울이 다가왔다.

*

겨울방학이 되어 마을이 조용하던 어느 날, 매표소도 한가한 오후에 건형에게서 전화가 왔다. 백양은 반갑게 전화를 받았다. 핸드폰 너머가 조용했다. 백양은 갑자기 불길한 예감이 들었다. 평소라면 웃는 목소리로 인사를 먼저 했던 건형이었다.
"여보세요, 건형아. 무슨 일 있어?"
"……."
"……건형아."

"……미경이가 ……하늘나라로 갔다."

불길한 예감은 틀리지 않았다. 백양은 마음을 진정시키면서, 건형을 통해 그간의 소식을 전해 듣고 장례식장을 물었다. 매표소의 오후 시간이 소걸음처럼 느릿느릿 흘렀다. 백양은 태람 아빠에게 잠시 매표소를 맡기고 집으로 가서 검은 옷으로 갈아입고 마지막 배편으로 가파도에서 나왔다. 운진항에 도착하자 건형이 기다리고 있었다. 건형의 차를 타고 장례식장으로 향하면서 둘은 말이 없었다.

말을 해야 전달되는 말과 말을 하지 않아야 전달되는 말이 있다. 슬픔의 언어는 침묵을 통해 전달된다. 소리 없는 아우성이 차 안에 가득했다. 슬픔이 진하게 차에 배어 있었다. 장례식장에 도착하니, 미경의 딸들이 손님을 맞이하고 있었다. 손님은 많지 않았다. 많지 않아서 오히려 편안했다. 백양과 건형은 미경의 영정 사진을 바라보았다. 사진 속 미경은 활짝 웃고 있었다. "괜찮아, 얘들아. 나는 괜찮아"라고 말하는 것 같았다. 백양은 미경의 사진을 보며 그렇게 생각했다.

백양은 삶과 죽음이 그리 먼 게 아니라고 늘 생각해 왔다. 그러나 막상 미경의 죽음을 마주한 백양의 마음은 쓸쓸했다. 눈물이 저절로 흘렀다. 미경이와의 추억이 주마등처럼 스쳐 지나갔다. 젊은 시절의 미경, 가파도에서 만난 미경, 편지 속의 미경, 그리고 영정 사진 속의 미경은 모두 같은 미경이고, 또 다른 미경이기도 했다. 미경이 아파서 요양 병원에 있는 동안 한사코 오지 말라고 했지만 가 봤어야 했다고 백양은 자책했다. 눈물이 다시 흘렀다.

　백양의 눈물이 멈추기를 기다렸던 미경의 큰딸이 건형과 백양에게 다가와 편지를 한 통씩 전해 주었다. 돌아가시기 전에 남겨 놓은 편지 중에 건형과 백양에게 쓴 것이 있었다면서. 딸은 어머니와 함께해 주셔서 고맙다는 말과 함께 조용히 물러났다. 백양이 슬쩍 얼굴을 보니 젊은 시절 미경이와 너무 닮았다. 딸의 고요한 슬픔이 전달되었다. 다시 눈물이 흘렀다.

　백양은 장례식장 밖으로 나와 벤치에 앉아 편지봉투를 열었다. 미경의 글씨가 목소리처럼 생생하게 눈에 찍혔다. 백양은 편지지를 어루만지며 읽어 나갔다.

　　백양에게

　이 편지가 너에게 전달되었다는 것은 너와 내가 다른 세상에 있다는 거야. 우리는 태어나면서부터 늙기 시작하지. 어린이도 젊은이도 늙은이도 모두 늙어 가는 과정의 다른 모습일 뿐이야. 그 끝이 죽음이라는 것은 누구나 알고 있지. 어릴 때도 좋았고, 젊어서도 좋았고, 나이가 드니 더 좋더라. 그래서 난 내게 다가오는 죽음도 마냥 두려워하거나 피하지 않고 자연스럽게 맞아 보려고 해. 그러니 내가 죽더라도 너무 슬퍼하거나 그러지는 마.

　　물론 살면서 많이 힘들고, 괴롭고, 쓸쓸하고, 아프기도 했지만, 병상에 앉아 곰곰 생각해 보니 편안함과 힘듦, 기쁨과 슬픔, 만남과 이별, 건강과 아픔은 동전의 양면처럼 붙어 있어. 하늘이 어찌 우리에게 어둠만 줬겠니. 내 생애 찬찬한 봄도 있고, 열정적인 여름도, 시원한 가을도 있었지. 그리고 이제는 편안한 겨울이 온 거야.

　가파도에서 잘 살고 있다는 소식은 들었어. 한 달만 살고 도망갈 줄 알았는데, 벌써 반년이 지났네. 고양이들하고도 잘 지내지? 우리 고양이들은 사람 손을 타서 조금만 친절하게 해 주면 살갑게 다가와 너를 따뜻하게 해 줄 거야. 추운 겨울, 고양이들하고 잘 지내렴.

　가파도 집은 건형이하고 너에게 넘기도록 해 놨어. 있을 만큼 있다가 떠나도 돼. 그리고 주변의 친구 중에서 휴식이 필요한 사람들은 누구나 찾아와 쉴 수 있도록 쉼터로 만들어 주면 좋을 것 같아. 사람들은 살다 보면 힘들고 지칠 때 숨을 곳이 있어야 하거든. 우리 집이 그런 휴식처가 되었으면 좋겠다는 생각을 했단다. 괜히 너에게 무리한 부탁을 하는 건 아니지? 건형이하고 잘 상의해서 무리하지 말고 살살, 천천히 하면 좋을 것 같아.

　이제 마지막 작별 인사를 해야겠네. 영정 사진 예쁘지? 내가 직접 고른 거야. 나를 만나러 오는 사람들이 슬퍼하지 않도록. 너도 웃으며 지내렴. 나도 하늘에서 너를 보고 웃고 있을게.

　안녕, 내가 한때 좋아했던, 마음속으로 늘 잘되기를 바랐던 백양아, 안녕!

미경이가

　안녕, 미경아. 백양은 편지를 따라 인사했다. 그리고 하늘을 바라보았다. 흐린 하늘에 눈발이 흩날리기 시작했다. 올해 들어 처음 내리는 눈이었다.

*

 태람 아빠에게 매표소를 맡겨 놓고 백양은 건형과 함께 장례식장에서 삼일장을 꼬박 지냈다. 사흘 내내 눈이 내렸다. 바람이 거세고 파도가 높게 일었다. 이틀 동안 풍랑주의보가 떨어졌다. 발인 날 마지막 예식을 치르고 화장터로 가는 길도 함께 했다. 미경은 작은 항아리에 담긴 재가 되어 가족들의 품에 안겼다. 백양은 미경의 가족과 작별 인사를 하고 가파도로 들어가는 배를 탔다. 풍랑주의보는 해제되었지만, 파도는 여전히 높았다.
 선착장에 내려 집으로 올라가는 길, 가파초등학교 길가에 작은 고양이가 얼어 죽어 있었다. 사흘간 내린 눈바람을 견디지 못한 것이다. 집에서 기르는 고양이들은 날씨의 영향을 거의 받지 않지만, 거리의 고양이들은 혹독한 날씨에 직격탄을 맞는다. 눈비나 바람을 피해 숨을 곳을 찾은 고양이들은 간신히 목숨을 부지하지만, 그러지 못한 고양이들의 목숨은 풍전등화와 같았다. 백양은 죽은 고양이를 길 한쪽에 숨겨 놓고 급히 집으로 향했다. 집을 비운 사흘 동안 고양이들이 어찌 지냈는지 걱정이었다.
 집 마당에 들어서자, 먹자가 달려 나왔다. 백양은 너무도 반가워 머리를 쓰다듬어 줬다. 먹자는 배를 깔고 누워 더 쓰다듬어 달라고 갸릉갸릉 했다. 다른 고양이는? 백양은 고양이들이 있는 밖거리로 들어갔다. 밖거리 안에 고양이 다섯 마리가 옹기종기 몸을 비비고 있었다. 모두 무사하구나, 다행이다. 백양은 사흘 동안 무사히 지내 준 고양이들이 고마워 특식으로 고양이용 캔을 까서 주었다. 냄새를 맡은 고양이들이 부리나케 일어나 캔 앞으로 달려왔다.

백양은 가파도에서 길고양이들을 돌보는 자율방범대장에게 연락했다. 길에서 죽은 고양이를 봤는데 어떻게 해야 하느냐고 물었다. 대장의 답은 의외였다.

"일반 쓰레기봉투에 담아서 버리주게."

"네? 쓰레기봉투에 담아 버린다고요?"

"규정 따라 그거 허여도 됩주."

"아니, 그래도 동물인데 쓰레기 취급을 해요? 너무하지 않나요?"

"그르난 그르주게. 법적으루 동물 주검은 폐기물로 보주. 동물병원에 맡겨도 의료 폐기물로 처리돼서, 딴 쓰레기랑 같이 태워 불주게."

"다른 방법은 없나요? 어디 묻어 준다든가……."

"법적으루 매장허는 건 금지돼 있주. 함부로 땅에 매장해 불앙 땅이 오염될 수도 있다카민."

친구의 장례를 치르고 난 후라 무거웠던 마음이 더 무거워졌다. 개와 고양이의 사체가 쓰레기 취급을 받는다는 사실을 처음으로 알았다. 동물 보호 단체에서 관련 법령을 개선하려 노력하고 있지만, 아직 바뀌지 않았다는 것도 알게 되었다. 백양은 가슴이 답답해졌다.

"그 집이서 질르던 고냉이꽈?"

"그건 아니지만, 오가며 인사 나누던 아이라……."

"마음이 착하시구나게. 그러면 헌 옷에 잘 싸영 가져오주게."

"어떻게 하시려고요?"

"가파도 고냥이들이 죽어신디 물러 주는 데가 있주. 비석도 없고 봉분도 없당 허지만, 우리 그 데를 고냥이 무덤이라 허우주게. 거그 잘 물러 줄게민."

"정말요? 알았습니다. 제가 헌 옷에 잘 감싸서 가져갈게요."

백양은 며칠 사이로 두 번의 장례식을 치렀다. 하나는 친구의 장례식이고, 다른 하나는 이름 모를 새끼 고양이의 장례식이다. 새끼 고양이의 장례식에는 가족도, 친구도, 손님도 참석하지 않았다. 자율방범대장과 백양만이 그 자리를 지켰다. 백양은 새끼 고양이를 묻으며, 속으로 추모의 기도를 했다.

'많이 추웠지? 사느라 고생이 많았구나. 무지개다리를 건너면 내 친구 미경이가 너를 반겨 줄지도 몰라. 그곳은 춥지도 덥지도 않고 배고프지도 아프지도 않은 곳이라는데. 잘 가거라. 가서 좋은 친구 만나 행복하게 지내렴. 안녕.'

『도덕경』 일기 4

출생입사(出生入死), 누구나 태어나 죽는다

누구나 세상에 태어나서 죽음으로 들어갑니다.

장수하는 자가 열 중 셋

일찍 죽는 자가 열 중 셋

굳이 나서서 수명을 줄이는 자가 열 중 셋

왜 그럴까요?

삶에 너무 집착하여 불필요한 행동을 하기 때문입니다.

잘 먹고 사는 사람 이야기를 들어 보니

땅을 걸어도 뿔소나 범을 만나지 않고

전쟁터에 나가도 다치지 않습니다.

뿔소도 그 뿔을 받을 곳이 없고

범도 그 발톱을 할퀼 데가 없고

무기도 그 날카로움으로 파고들 데가 없습니다.

왜냐고요?

그 사람한테는 죽음의 자리가 없기 때문입니다.

『도덕경』 50장

노자가 살았던 시대, 귀족들은 맹수를 사냥하기를 좋아했고, 전쟁터에 나가 영웅이 되기를 바랐다. 노자가 보기에 그렇게 목숨을 걸고 살아가는 것은 위태로운 삶이었다. 심지어 남의 목숨을 위태롭게 하는 전쟁 따위를 벌이는 일은 결코 하지 말아야 했다. 목숨이란 알 수 없는 것이라 단명하기도 하고, 장수하기도 하지만 어쨌든 제명대로 사는 게 중요했다. 목숨을 재촉하는 것도 늘리려는 것도 어리석은 짓이었다. 그런데 사람들은 그 어리석은 짓을 반복했다. 그곳이 죽음의 땅, 사지(死地)다.

인간은 누구나 언젠가는 죽지만, 일부러 사지를 만들 필요는 없다. 노자는 자신이 사는 나라가 사지가 없는 땅이 되기를 바랐다. 제명대로 살고 죽는 것은 운명이로되, 뜻하지 않게 죽는 것은 참사이고 재난이기 때문이다. 그것은 막아야 한다고 생각했다.

가파도 해안가를 걷다 보면 비석이 세워진 무덤도 있지만, 이름 없는 무덤들도 많다. 밭 한가운데 있는 무덤도 있고, 밭의 한 귀퉁이를 빌려 만든 무덤도 있다. 섬에 사니 수장을 할 법도 한데, 유교의 영향으로 매장을 했다. 장지를 별도로 마련하지 않고, 자신이 일하던 밭에 묻혔다. 자손들이 그 밭을 물려받았다면 자연스럽게 조상의 무덤을 곁에 두고 일하다가 무심히 무덤을 바라보고 쉴 수도 있겠구나 상상해 본다.

아마도 봉분조차 없이 땅에 매장된 주검이 더 많을 것이다. 제주도는 민중이 편하게 살 수 있는 장소는 아니었다. 온갖 수탈과 수난의 역사를 겪은 곳이다. 변방 중의 변방이었다. 변방의 죽음에 관심을 둔 사람은 거의 없을 것이다. 그렇게 죽음은 쉬 망각의 역사 속에 다시 한번 파묻혔다. 이름 없는 무덤, 흔적 없는 무덤. 죽음은 그렇게 소리 소문 없이, 기억 없이 사라져 갔다.

오늘 친구 한 명을 가슴에 묻고, 고양이 한 마리를 땅에 묻었다. 이 둘의 죽음을 아는 사람은 그리 많지 않을 것이다. 아마도 많은 사람의 기억 속에는 이 둘의 삶도 없으리라. 하지만 나의 삶에, 나의 기억 속에 이 둘은 오랫동안 남아서 내 삶의 일부가 되겠지.

나의 죽음은 어떨까? 사람들의 기억에 오래 남는 죽음이 될까? 호랑이는 죽어 가죽을 남기고, 사람은 죽어 이름을 남긴다는데 내 이름은 남아 있을까? 이름 없이 태어났으니 이름 없이 죽는 것이 자연스러운 일 아닐까? 죽지 않으려고 발버둥 치는 삶이 아니라, 자연스러운 삶과 자연스러운 죽음을 맞이하고 싶다. 살아 있을 때는 잘 먹고 잘 사랑하고 잘 놀았으면 좋겠다. 굳이 위험한 장소를 돌아다니지도 않고, 위험한 행동도 하지 않고, 친절한 사람들과 더불어 편안한 삶을 살고 싶다.

5 * 고양이 청년을 만나다

그해 겨울은 무척 추웠다. 인간에게도 고양이에게도. 인간은 여름에는 에어컨이나 선풍기를 틀어 더위를 버티고, 겨울에는 보일러나 난로로 추위를 견딘다. 이렇게 전기나 연료를 이용하는 방법은 비용이 많이 든다. 백양은 가파도에서 겨울을 보내며 난방비가 상상 밖으로 많이 든다는 사실에 깜짝 놀랐다. 그동안은 아파트에 살면서 여러 가지를 묶어 관리비를 냈기 때문에 잘 몰랐던 사실을, 혼자 가파도에 살면서 직접 체감하게 되었다. 기름보일러를 틀어 난방할 때 기름값이 얼마나 드는지, 온풍기를 틀면 전기료가 얼마나 드는지 알고 나서는 깜짝 놀라 비용을 줄이는 방법을 찾았다.

여름에는 환기를 자주 해 집 안의 온도를 낮췄고, 겨울에는 바깥 공기를 차단해 온도를 유지하는 방법을 찾았다. 내복을 입고, 얇은 옷을 여러 벌 껴입는 것도 좋은 방법이었다. 만약에 전기가 끊긴다면, 또는 기름이 떨어진다면 어쩔 것인가? 사람이 살아가는 데 이렇게 비용이 많이 든다면 과연 그러한 삶을 지혜로운 삶이라고 할 수 있을까? 백양은 이런 질문을 자주 하게 되었다.

고양이는 인간과는 달리 자연의 영향을 더욱 직접 받았다. 그리고 자연의 지혜를 몸으로 알아 해결하고 있었다. 더우면 시원한 그늘을 찾아가 쉬었고, 추우면 바람이 덜 부는 곳을 찾아내 몸을 숨겼다. 고통으로 치자면야 인간보다 더욱 큰 고통을 받았지만, 그러한 고통을 감내하는 방법을 알고 있는 것 같았다. 없는 것으로 불평하기보다는 있는 것을 잘 활용하는 고양이에게서 최소한의 조건으로 최대한 즐기는 삶의 모습을 볼 수 있었다.

그렇다 하더라도 유독 추운 이번 겨울은 고양이에게 지옥과 같은 계절이었다. 고양이들은 바깥에서 구할 수 있는 먹이가 줄어들어 여위어 갔다. 영양 상태가 좋지 않다 보니 온갖 질병에도 쉽게 노출됐다. 피부병에 걸리고, 털이 빠지고, 염증이 생겨 몸 상태가 점점 안 좋아졌다.

가파도에서 길고양이를 돌보는 고양이 집사들도 비상이 걸렸다. 고양이 집사들은 십시일반으로 돈을 모아 사료를 사고, 캔이나 다른 간식거리를 마련했다. 하루는 길고양이의 대모 격인 자율방범대장이 고양이 집사들을 마을회관으로 소집했다. 스무 명 남짓 되는 집사들이 모여들자, 대장이 따뜻한 커피를 한 잔씩 대접하며 말했다.

"영어마을에 청년 하나이 고냉이 사료와 약품들 사 들고 일주일에 한 번 가파도 방문해 고냉이 돌보러 옴댄 알암수꽈?"

집사들은 모두 고개를 끄덕였다.

"그 청년이 이 추운 겨울에 고냉이 사료 쉰 부대나 줘신게 마씀. 학원서 번 돈 중 헐씩이나 가파도 고냉이들 보게 쓴다카민."

집사들의 얼굴이 환하게 펴지면서 박수 소리가 터져 나왔다. 대장이 말을 이어 갔다.

"가파도 고냉이는 가파도 사름이 챙겨 불어야 헐 일인데, 그동안 우린 딴 데 눈 팔아신 거 닮주게. 이번 겨울은 요래 넘어갈 수 있게 됐수다마씀. 허지만, 매번 고냉이 사료나 약품을 밖서만 받아댕 허민 안 되주게. 이제부턴 우리 스스로 챙길 방도허게, 사름덜 모아 마씀 허게마씀."

사람들은 고개를 끄덕이며, 이런저런 의견을 내놓기 시작했다.

"집사 모임을 정기적으루 허멍, 돈도 걷엉 보게마씀."

"물론 회비 헌 만큼 걷엉 돈 모으는 것도 좋주만, 거기다 좀 더 보태서 아예 동물 보호 단체랑 손잡아서 해 보민 어떵허쿠가? 제주도엔 고냉이 도와주는 단체도 있다카민."

"맞주게. 지난번 마라도서 고냉이덜 쫓겨날 적에, 그 고냉이덜 돌보민서 길게는 고냉이 쉴 데 만들어 준다카민 이야기도 들었수다."

대장은 고양이 집사들의 이야기를 노트에 메모하며 아직 이야기하지 않은 집사의 발언을 기다렸다.

"우리 호주머니서 길고냉이 키울 돈 마련헙서 살앙 보난, 밑 빠진 독에 물 붓는 거랑 뭐 다를 게 없주게. 차라리 가파도 놀러 오는 관광객덜한테 가파도 고냉이 사정 알리멍 후원 좀 받아보는 건 어떵쿠광? SNS 같은 데서 가파도 고냉이 이야기 자꾸 올려 주민 되는 것이고, 아예 정기적으루 고냉이 축제 같은 거 열어사 관심도 끌어 불고 말이주게."

대장은 노트에 '고양이 축제'라고 써 놓고, 미소를 지었다. 역시 여러 사람의 다양한 의견을 들으니 생각지도 못한 아이디어가 생겨났다.

"마씸, 마을 카페에 고냉이 관광 상품 만들어 팔아 보민 어떵쿠광? 그 상품 판 돈 중 헌씩 고냉이 보호할 돈으로 모아 뒀당 써 보민 안 되쿠광?"

"가파도를 고냉이 섬이라 정해 불고, 신문이나 방송 같은 데 대대적으루 알릴 수도 있주게."

처음에는 고양이 사료를 마련하는 비용을 이야기하는 모임이었는데, 이제는 점점 화제가 커져서 고양이로 관광 상품을 개발하자는 의견까지 나왔다. 주먹만 했던 생각이 풍선처럼 부풀어 올랐다. 도시에서 이주해 온 주민이 고개를 갸우뚱하며 말했다.

"그건 고양이를 돌보는 우리 입장이고, 가파도에는 고양이를 싫어하는 주민도 꽤 많은데 힘들지 않을까요? 당장 사람들이 먹고사는 것도 힘든데, 고양이들 먹일 궁리나 하는 우리가 이상하다고 생각할 수도 있고요."

제 딴에는 맞는 이야기이다. 자기가 관심 있는 일이라고 다른 사람도 관심 있으라는 법은 없으니까. 대장은 이제까지 나온 이야기를 정리하여 발표했다.

"좋은 의견 내 주우서 고맙수다. 밖서 지원 받자, 단체에 들자, SNS 쓰자, 축제도 하자, 고양이 상품 만들어 팔자, 이런 의견들 마이 나왔주게요. 일단 뭔가 판 벌이려면 정기적인 모임은 꼭 필요함수다. 한 달에 한 번쯤 가볍게 모여사 어떵수꽝? 또 회비도 좀 걷엉서 고양이 밥 좀 사부자."

고양이 집사들은 동의한다면서 당장 만 원씩 걷자고 한다. 엉겹결에 참석한 백양도 지갑에서 만 원을 꺼내 대장에게 내고, 집사 명단에 자신의 이름을 써넣었다. 이렇게 가파도 고양이 집사 모임이 결성되었다.

*

백양은 영어마을에서 학원을 운영하면서 매주 사료와 의약품을 들고 가파도에 방문하는 청년을 눈여겨보고 있었다. 가파도에 처음 왔을 때부터, 가끔 백양이 지내는 곳에도 찾아와 고양이들의 상태를 관찰하고 맛있는 간식을 주는 모습이 보기 좋았다. 저 청년은 무슨 사연으로 이곳 가파도까지 찾아오게 되었을까? 아무도 알아주지 않는 고양이 돌봄을 저토록 꾸준히 하는 이유는 뭘까? 어쩌다가 고양이를 보살피게 되었을까?

청년은 조용히 왔다가 조용히 가 버리는 사람이어서 좀처럼 궁금증을 해결할 수 없었다. 그러던 차, 평소에는 매표소 근처에서 푸드 트럭을 운영하는 자율방범대장이 백양에게 영어마을 청년과 같이 식사를 하자고 말했다. 백양은 흔쾌히 그러기로 했다.

점심시간이 되자, 청년이 짐을 한 상자 들고 왔다. 겨우내 못 먹어서 구내염을 앓고 있는 고양이가 많아서 약도 많이 사고, 영양을 보충하기 위한 특별 간식도 많이 사 왔다는 것이다. 그 마음이 참으로 자상하다. 겨울인데도 날씨가 유난히 따뜻했다.

백양과 청년은 푸드 트럭 옆의 파라솔 탁자에 앉아 자율방범대장이 싸 온 푸짐한 도시락을 나눠 먹었다. 고기를 굽고, 전을 지지고, 나물을 볶고, 갖은 김치를 넉넉히 싸 온 마음씨가 푼푼하고 고왔다. 백양과 청년은 진수성찬에 감탄하며 연신 맛있다고 말하며 먹었다. 식사 후 푸드 트럭에서 커피까지 한 잔씩 뽑아 점심을 만끽한다.

"그런데, 청년은 언제부터 고양이를 돌보았소?"

백양은 그간의 궁금증을 풀려는 듯 서둘러 물었다.

"고등학교 다닐 때부터였어요. 그런데 그때는 제가 고양이를 돌본 건지 고양이가 저를 돌본 건지 잘 모르겠네요."

"……?"

"부모님이 이혼하시고 자취방을 얻어 혼자 살게 되었거든요. 힘든 시기였어요. 어떻게 살아야 하나 막막하기도 했고요. 그때 길에 버려진 새끼 고양이 한 마리를 발견하고 데려와 살게 되었지요."

청년은 힘든 시절의 이야기를 담담하게 했다. 시간이 많이 흘렀기 때문일까?

"고양이와 함께 지내면서 저도 고양이를 돌봤지만 고양이도 저를 보살피고 있다는 생각이 들었어요. 제가 웅크리고 있을 때, 곁으로 슬그머니 다가와 품에 파고들어 따뜻하게 해 준 게 고양이였지요. 그 고양이가 아니었다면……."

청년은 말끝을 흐렸다. 어릴 적 일들이 떠올랐나 보다. 청년은 커피를 한 모금 마셨다.

"어쨌든 그 고양이 덕분에 용기를 내서 살 수 있었어요. 이름이 나비였는데, 지금은 무지개다리를 건넜어요."

청년의 말 뒤를 대장이 이어 갔다. 청년의 사연을 많이 들은 것 같았다.

"그럭 허민 우리 진수 씨가 고등학교 잘 마춰서, 미국 왕 가민 열심히 공부허멍 학위도 땄주게. 이제 제주도 영어마을서 잘나가는 영어 강사도 되았저. 돈도 많게 벌어사 얼마 전에 쫍은 빌딩도 하나 짓주게."

"빌딩을요?"

백양은 깜짝 놀라 물었다.

"아니, 빌딩이 아니고 3층짜리 작은 건물이요. 1층은 학원이고, 2층은 제가 돌보는 고양이와 함께 지내는 카페, 3층은 제가 사는 곳이고요. 아주 작아요."

대장은 깔깔 웃으며 말을 덧붙였다.

"나 얼마 전에 가 봐신디, 잘 차려 놔스다게. 나 그디서 살아시민 좋커다라. 이 선생도 한번 가 봅서."

유학을 다녀와서 학원 강사 생활을 하면서 얻은 집에서도 고양이를 키우며 살았다는 이야기. 연애를 했는데 애인이 자기냐 고양이냐 선택하라고 해서 고양이를 선택했다는 이야기. 이후로 다시는 연애를 하지 못했다는 이야기. 그냥 고양이와 함께 사는 것이 마음 편하고 좋다는 이야기. 건물은 뒤늦게 다시 만난 아버지가 돈을 빌려 줘 지을 수 있었다는 이야기. 그래서 지금도 열심히 돈을 벌어 갚고 있다는 이야기. 알콩달콩 이런저런 이야기를 주고받다가 다시 일할 시간이 돼서 아쉽게 대화를 더 이어 가지 못하고 백양은 매표소로, 청년은 길고양이들에게로 돌아갔다.

매표소로 걸어가며 백양은 속으로 생각했다.

'저 청년은 힘들게 살면서도 자신이 소중하다고 생각하는 것을 계속 간직하고 보살피며 살았구나. 남들이 뭐라 하든, 남들이 보든 말든 자신의 길을 뚜벅뚜벅 걸었구나. 아무런 대가 없이 고양이를 보살피는 저 삶이 얼마나 아름다운가.'

그리고 청년이 한 말을 떠올렸다.

"저는 길고양이들을 보면 어린 시절 저를 보는 것 같아요. 그래서 외면할 수가 없더라고요. 내가 나를 보살피지 않으면 누가 나를 보살피겠어요."

*

　청년과의 만남은 아주 짧았지만, 백양에게 깊은 인상을 남겼다. 젊은 나이에 어떻게 그토록 속 깊은 생각을 할 수 있을까? 어떤 사람들은 불우한 환경을 원망하며 어두운 방향으로 자기를 끌고 가기도 하는데, 어떤 사람들은 자신의 어려운 처지를 성숙의 디딤돌로 삼아 밝고 높은 경지에 도달하는구나. 성숙해지는 것은 나이의 문제가 아니라 성찰의 문제가 아닐까? 나이가 들수록 추레해지는 사람이 있는가 하면, 빛나는 사람도 있다. 고양이 청년이 바로 그런 사람이로구나.

　행복이란 무엇일까? 어떤 사람은 돈이라 말한다. 돈만 있다면 뭐든지 할 수 있는 것처럼 생각한다. 과연 행복을 돈으로 살 수 있을까? 돈이 많으면 만족하는 것이 아니라 더 많은 돈을 가지려고 자신을 괴롭힌다. 자신이 돈의 주인이 아니라, 돈이 자신의 주인이 되는 삶에 행복이 깃들 리 없다.

　청년은 자기가 가지고 있는 걸 아껴서 고양이에게 기꺼이 선물한다. 가지는 게 행복이 아니라 주는 게 행복이라는 오래된 지혜를 몸으로 실천하고 있다. 청년은 자신만을 위한 삶이 아니라 고양이와 함께하는 삶을 선택했다. 그리고 그 삶을 변함없이 꾸준히 살고 있다. 청년은 그렇게 사는 게 행복이라고 말했다.

　백양은 자신의 삶을 돌아보았다. 누구 하나 제대로 돌보지 못하고 자신만을 위해 살아온 과거가 떠올라 얼굴이 붉어졌다.

제 딴에는 가족을 위해 열심히 살았다고 생각했지만, 가족들은 종종 백양에게 "당신은 이기적인 사람이야", "아빠는 아빠밖에 모르는 것 같아요"라는 말을 했다. 그 말을 들을 때마다 한편으로는 서운하기도 하고 가족들이 자기를 잘 이해하지 못한다고 생각했는데, 이제 와 곰곰 생각해 보니 가족의 이야기가 맞는 것 같다. 하는 척하며 생색내는 삶과 진정으로 함께하는 삶은 근본적으로 다르다. 아낀다는 것은 몸과 마음을 함께 움직여 시간을 같이 보내는 것이다. 가족과 있을 때도 마음은 딴 곳에 있던 적이 많았다. 그리고 마음이 간절히 원할 때는 몸이 따라 주지 않았다. 몸 따로 마음 따로인 삶에 행복이 있을 리 없었다.

고양이들은 다르다. 몸과 마음이 따로 움직이지 않는다. 매 순간 온몸으로 살아간다. 놀 때는 힘껏 놀고, 먹을 때는 정성껏 먹는다. 잘 때는 죽은 듯이 잔다. 자신에게 주어진 환경 속에서 언제나 최선을 다한다. 늘 새롭게 시도하고 실패하더라도 좌절하지 않으면서.

백양은 언제부턴가 고양이의 삶을 관찰하기 시작했다. 미경이 남겨 놓은 고양이라서 그랬는지 모른다. 고양이들을 보면 미경이 떠오르고, 고양이와 함께 살아간 미경이 상상되고, 고양이에게 위로를 받았던 미경의 마음을 가늠해 보게 된다. 고양이는 참으로 묘한 동물이다. 관찰할수록 새로운 모습을 발견한다.

*

고양이 물품을 들고 섬 한 바퀴를 돌고 온 청년이 매표소에 들러 인사를 한다. 아직 겨울인데 어찌나 열심히 돌았는지 이마에 땀이 송골송골하다. 백양은 냉장고에서 생수 한 병을 꺼내 권한다. 청년은 고맙다며 벌컥벌컥 마신다.

"선생님 댁 고양이들이 아주 씩씩하던데요. 다들 건강하고, 영양 상태도 좋아요. 선생님께서 잘 보살피시는 것 같아요."

"개는 어려서 키워 봤지만 고양이는 처음이라, 아직 많이 서툴러요."

"얼마나 키워 보셨는지보다 돌보는 마음이 소중해요. 선생님네 고양이들이 불안해 보이지 않는 걸로 봐서 정성을 다해서 돌보신 게 분명해요."

"그렇게 보이시우?"

"네, 제가 척 보면 압니다."

"족집게 관상쟁이도 아니고, 어찌 그리 잘 아시누?"

"오랜 시간 고양이와 함께 살다 보면 알게 됩니다. 선생님도 곧 아실 것 같은데요."

"그리 보이시우?"

"네, 고양이를 바라보는 선생님의 눈길이 따뜻하잖아요."

"고맙소."

"별말씀을요. 앞으로도 잘 부탁드립니다."

"오히려 내가 잘 부탁해야지요."

배가 도착하고, 청년은 남은 짐을 챙겨 떠났다. 백양은 청년의 뒷모습을 오랫동안 바라보았다. 옛말에 어느 곳에나 고수가 숨어 있다더니, 이 세상 살다 보면 반드시 고수를 만나게 된다. 백양은 청년의 모습에서 고수의 풍모를 느꼈다. 그저 문자로만 알고 있었던 고수를 만나는 행운을 가파도에서 얻었다. 백양은 마음이 푼푼해지고 한결 편안해졌다. '그래, 저런 이들이 곳곳에 많이 있어서 우리 사회가 따뜻해지고 희망을 품게 되는 거지.' 백양은 생각했다.

『도덕경』 일기 5

지족불욕(知足不辱), 만족을 알아야 욕되지 않는다

이름과 몸 중에서 어느 것이 가까운가?
몸과 재산 중에서 어느 것이 귀한가?
얻음과 잃음 중에서 어느 것이 마음을 끄는가?
예로부터 지나친 애정은 반드시 큰 비용이 들고
지나친 쌓아 둠은 큰 망함을 초래한다고 합니다.
만족을 알아야 욕되지 않고
멈출 줄 알아야 위태롭지 않습니다.
그러면 오래오래 살 수 있습니다.

『도덕경』 44장

오늘 고양이를 돌보는 청년과 식사를 같이하며 많은 이야기를 나눴다. 젊은 나이에 열심히 살면서 아무런 보상 없이 고양이들을 정성껏 돌보는 모습이 참으로 놀라웠다. 동시에 나를 돌아보니 부끄러움이 밀려왔다. 청년은 자신에게 정말 소중한 것이 무엇인지 알고 있었고, 그 소중한 것을 위해서 아낌없이 베푸는 삶을 살고 있었다.

내가 가지고 있는 것은 무엇인가? 이름? 명예? 지위? 이름은 나에게 붙여 준 것이지 나의 것이 아니다. 호랑이는 죽어 가죽을 남기고 사람은 죽어 이름을 남긴다고 하는데, 이름을 남겨 무엇하겠는가. 비석에 새겨진 이름들은 세월의 무상함을 나타낼 뿐이다. 이름에 대한 기억도 사라지리라. 명예나 지위 역시 나의 것이 아니다. 잠시 맡겨졌다가 바닷가의 모래성이 무너지듯 사라질 것이다. 그러니 아무것도 가진 것이 없다. 가진 것 없어도 사는 데 아무 문제 없다. 내가 돌보는 고양이가 나에게 알려 준 것이다.

고양이처럼 나 역시 이 몸뚱이 하나 갖고 태어났을 뿐이다. 나머지는 살아가면서 이 몸뚱이에 붙었다가 떨어지는 태그와 같은 것이다. 집도 땅도 차도 이름도 명예도 지위도 이 몸뚱이 하나가 살아가면서 잠시 빌린 것에 불과하다. 그러니 잠시 빌리는 것에 큰 욕심을 부려서는 안 되겠다.

아니지, 좀 더 생각해 보면 이 몸뚱이도 빌린 것이다. 이 몸뚱이도 원래는 없었다가 생겨난 것이다. 생겨난 것은 곧 사라지게 될 운명이다. 그러니 이 몸뚱이도 나의 것이 아니다. 몸뚱이가 나의 것이 아닌데, 몸뚱이가 만들어 내는 감정, 생각들이 나의 것일 리가 없다. 생각을 정리한 관념이나 사상 역시 마찬가지. '나'라는 관념도 마찬가지. 어허, 그렇게 생각하면 이 세상에 내 것이라 할 만한 것은 아무것도 없구나. 나는 아무것도 아니구나.

우리는 위대한 성인들은 존재의 흔들림이 없었으리라 생각한다. 성인들의 말은 흔들리지 않는 진리를 담고 있다고 생각한다. 하지만 조금만 생각해 봐도, 말도 안 되는 이야기다. 노자라고 처음부터 존재와 변화의 이치를 깨달았겠는가? 아니, 흔들리지 않고 존재와 변화의 이치를 깨달을 수가 있는가? 노자도 평생을 흔들리며 살았을 것이다. 흔들리며 살았기에 말년에 담담히 자신의 변화를 받아들일 수 있었을 것이다.

『도덕경』 44장은 바로 그 흔들림의 흔적이다. 질문한다는 것은 흔들림이다. 노자의 시 중에서 흔치 않게 질문이 많은 장이다. 남에게 질문을 던지는 방식이지만, 결국은 자신에게 던지는 질문이다. 명성을 얻는 것, 재물을 쌓는 것, 지위를 얻는 것, 애정을 쏟고 집착하는 것, 결국은 자신을 망치고 괴롭혀 왔던 것에 대해 스스로 묻고 답한 것이다. 노자가 도달한 결론은 지금 가지고 있는 것에 만족하고 멈추자는 것이다. 더 추구했다가는 망신당하고 제명에 못 죽는다는 것이다.

멈출 줄 아는 것과 만족할 줄 아는 것은 한 쌍의 태도다. 알아야 멈춤이 가능하다. 모르면 있는 것마저 빼앗긴다. 재산도, 명예도, 지위도, 권력도, 사랑도, 건강도, 생명도 결국은 그 한 끗 차이다.

6* 쓰레기를 줍다

3월, 드디어 봄이 왔다. 아직은 꽃샘추위가 기승을 부리지만, 지난겨울 추위에 비하면 한결 견딜 만하다. 백양은 겨우내 보온을 위해 창문에 붙여 둔 비닐을 걷어 내고 창문을 열어 환기를 했다. 선선한 바람이 집 안으로 들어오자, 상쾌한 느낌이 들었다. 고양이 밥을 챙기고, 아침밥을 일찍 먹고 마당을 나섰다. 해가 뜨는 동쪽 해안가를 따라 자전거를 타고 출근한다. 붉은 하늘이 점점 옅어지면서 푸른색으로 바뀌고 있다. 백양은 느긋하게 해안가를 돌다가 멈춰 서서 사진을 찍는다. 해 뜨는 하늘은 항상 신비롭다. 가파도에 살면서 가장 좋은 것 중 하나는 바다에서 뜨고 지는 해를 바라볼 수 있다는 것이다. 아침 일찍부터 고깃배들이 부지런히 이동하고 있다. 백양은 고깃배들을 바라보면서 만선을 기원했다.

해안가를 반쯤 돌았을 때, 바위틈에서 쓰레기를 줍고 있는 태람 아빠와 느영나영 삼촌을 보았다. 아침 일찍부터 해안가 쓰레기를 수거하는 것이 이들의 일이다. 멀리 서귀포에서부터 떠다니던 해양 쓰레기들이 가파도 해안가를 가득 채웠다. 도시에서 새벽에 쓰레기를 수거하듯이, 가파도에서도 해양 쓰레기를 수거해야만 깨끗한 환경을 만들 수 있다.

쓰레기의 종류도 다양하다. 빈 페트병, 스티로폼, 찢어진 그물, 부표, 신발, 낚싯대, 대나무, 심지어 통나무까지⋯⋯. 바다에서 낚시하다가 버린 것부터 부두에서 남몰래 버린 것까지 갖가지 쓰레기가 밀려들었다. 그나마 가파도까지 밀려온 쓰레기들은 물에 뜨는 것이라 수거할 수 있지만, 물에 가라앉는 쓰레기는 고스란히 바닥에 쌓여 해양 생태계를 파괴한다. 인간이 별생각 없이 버린 쓰레기가 쌓이고 돌아서 생태계 자체를 위협하는 것이다.

"이놈의 쓰레기들은 아무리 치워도 사라지질 않네."
"그러게요. 어제 한 트럭 치웠는데 오늘도 한 트럭이네요."
백양이 해안 도로에 세워 둔 트럭을 보니 정말로 한가득이다. 한숨이 절로 나왔다. 처음에 백양이 가파도에 한 달살이를 하러 왔을 때가 떠올랐다. 아침저녁으로 해안가를 돌 때마다 버려져 있는 해양 쓰레기를 보며 눈살을 찌푸렸다. 마을 주민들이 함부로 쓰레기를 버리면 가파도의 이미지도 나빠지고, 관광객도 줄어들 거라고 생각했었다. 하지만 가파도의 사정을 알고 나서 그런 생각이 얼마나 터무니없고 편견에 사로잡힌 것인지 알게 되었다.

　사실 해안가의 쓰레기는 마을 주민이 버린 게 아니었다. 해안가에 버려진 쓰레기는 대부분 제주도나 더 먼 곳에서 떠밀려 온 것이었다. 그런 줄도 모르고 마을 주민들을 의심했던 게 얼마나 부끄러웠는지.

　가파도 주민은 대부분 어업으로 생계를 꾸려 간다. 해녀들은 바닷가에서 소라며 전복을 따고, 어부는 배 타고 물고기를 잡으러 바다로 간다. 하지만 최근 들어 해산물의 수확이 변변치 않아 다들 울상이다. 10년 전만 하더라도 해안가에 미역이 넘쳐났지만, 이제 가파도에서 미역은 구경조차 할 수 없다. 톳도 이제 거의 볼 수가 없다.

　바다에 사는 사람들은 바다가 살아 있어야 산다. 하지만 인간 문명은 바다를 살리지 않는다. 바다를 착취할 줄만 알지, 바다를 보살피지 않는다. 환경 단체들이 바다를 살리자고 운동을 하지만 역부족이다. 설상가상 기후 위기로 인해 날씨도 변덕이 심해져서 풍랑주의보가 수시로 떨어지고, 때아닌 태풍도 불어와 생계를 위협한다. 해수 온도도 높아져 아예 생태종이 변하기까지 한다. 가파도를 찾은 낚시꾼들도 예전에 많이 잡히던 물고기가 사라졌다며 고개를 갸우뚱거린다.

　자연이 이렇게 변한 원인을 찾자면 여러 가지가 있겠지만, 인간 문명의 역사가 바로 자연 파괴의 역사이고, 인간의 욕심이 다른 생명체를 멸종시키고, 인간이 버린 쓰레기가 자연을 오염시키고 있다는 사실을 기억한다면, 결국 인간의 잘못이 가장 크다고 하겠다.

*

　백양은 쓰레기를 수거하느라고 진땀을 흘리고 있는 두 사람에게 수고하시라 말하고 자전거를 타고 매표소로 출근한다. 마음 같아서는 해안가로 내려가 쓰레기를 같이 줍고 싶지만, 배를 기다리는 사람에게 표를 파는 것이 백양의 일차적 임무다. 백양은 가파도 터미널의 문을 열고, 불을 밝히고, 컴퓨터를 켠다. 발권기에서 기계음이 들리고 빈 표 한 장이 스르르 빠져나온다. 기계에 문제가 없다는 신호다.
　커피 한 잔을 타서 책상에 올려놓고 컴퓨터로 음악을 틀어 분위기를 포근하게 한다. 매표 시간이 되자 마을 주민들이 한 명 두 명 표를 끊으러 온다. 가파도에서 배를 타고 나가는 주민들의 대부분은 장날에 시장을 보러 가거나, 몸이 안 좋아 병원을 가는 경우다. 밀차를 밀고 오는 할머니, 진동차를 몰고 오는 해녀, 자전거나 오토바이를 타고 오는 주민들이 서둘러 표를 끊어 선착장으로 나선다. 백양은 거의 매일 보다시피 하는 주민들의 이름을 거의 다 외웠다. 그래서 이름도 묻지 않고 표를 끊어 주면 주민들이 신기해한다. 매표소 직원을 한 지 어느덧 반년이 지난 것이다. 마을 주민이래야 백 명 안팎이니 도시 아파트 한 동 주민 수도 되지 않는다. 같이 지내다 보면 다 이웃사촌이다.

첫 배를 무사히 보내고 잠시 여유가 생겨 매표소 밖으로 나가 기지개를 켜며 몸을 풀고 있는데, 해양 쓰레기를 수거하여 집하장에 내려놓은 태람 아빠와 느영나영 삼촌이 빈 트럭을 몰고 와 매표소 앞에 주차한다.

"커피 한잔하실래요?"

"좋지."

서울에서 사업을 하다가 귀향한 느영나영 삼촌이 서글서글하게 웃으며 매표소로 들어온다. 태람 아빠도 따라 들어온다. 매표소와 자전거 대여소는 마을 주민들에게는 참새 방앗간과 같은 곳이다. 별일이 없어도 심심하면 들러 커피 한 잔씩 얻어 마실 수 있고, 추운 겨울이나 더운 여름이면 몸을 녹이거나 식힐 수 있는 곳. 백양은 취향을 묻고 끓는 물에 커피믹스와 블랙 커피를 타서 줬다.

"보통 몇 시부터 일하세요?"

"계절마다 달라. 주로 해 뜨는 시간에 맞춰 일하러 나가지."

"태람 아빠는 힘들겠어요. 젊어서 잠이 많을 텐데."

"이제는 버릇이 돼서 괜찮아요."

"그런데 이 많은 쓰레기를 두 분이 다 치워요?"

"아니."

"그럼 누가?"

"어촌계에서 한 달에 한 번 청소하는 날을 정해서 해녀분들이 모두 나와 쓰레기를 주울 때도 있고, 제주도에서 환경 단체들이 와서 걷거나 조깅을 하면서 쓰레기를 줍는 활동을 하기도 해. 태람 아빠, 그걸 뭐라 하지?"

"플로깅(plogging)이요?"

"그래, 플로깅."

"우리말로 순화해서 '쓰담달리기'라고 한대요."

"쓰담달리기?"

"달리면서 쓰레기를 담는다는 뜻인가 봐요."

백양은 둘이 커피를 마시며 하는 이야기가 신기한 듯 쳐다본다. 함께 일해서 그런지 꼭 어린 시절 짝꿍처럼 다정하다. 저절로 미소가 지어졌다.

"그런데 가파도에서 봉사하시는 분들은 주로 걸으면서 쓰레기를 주우니까, 플로깅이 아니라 플로킹(ploking)이라 해야 해요."

"플로깅은 뭐고, 플로킹은 뭐야?"

"달리면서 주우면 플로깅, 걸으면서 주우면 플로킹. 조깅과 워킹의 차이지요."

"잘났어, 정말!"

둘의 대화가 무슨 만담 같았다. 백양은 소리 나게 웃었다. 둘도 따라서 웃었다.

*

매표소 일을 마치고 집으로 돌아가는 길에 자전거를 타고 해안가를 다시 돌았다. 백양은 깨끗하게 정리된 해안가를 보면서 마치 갓 목욕을 마치고 나온 아이처럼 밝게 빛나는 바윗돌이 아름답다고 생각했다. 백양은 자신도 자전거를 타고 해안가를 다니며 쓰레기를 주워야겠다고 다짐했다. 예전에는 자기 집 앞마당은 직접 청소했는데, 아파트 생활을 오래 하면서 버리는 사람 따로 있고 청소하는 사람 따로 있는 것처럼 살았다. 낙엽이 떨어져도 경비원이 쓸었고, 눈이 와도 경비원이 치웠다. 조금만 부지런을 떨어 아파트 주민들이 함께 치우는 습관을 들였다면 훨씬 깨끗하고 정겨운 아파트 생활을 할 수 있었을 텐데 하는 생각이 들었다.

'나 하나쯤이야' 하는 생각을 버리고, '나라도'라고 생각하기로 했다. 혼자 치우면 얼마나 치우겠나 하는 생각을 버리기로 했다. 각자 자기 주변을 깨끗이 할 수 있다면 겉모습뿐 아니라 마음도 깨끗해질 것 같았다. 작지만 좋은 습관을 지금부터라도 가져야겠다고 생각하니 기분이 썩 상쾌했다.

백양은 매표소에서 근무하면서 가파도가 영 지저분하다고 불평하는 관광객들을 종종 보았다. 예전 같았으면 가만히 있거나 맞장구를 쳤을 텐데 이제는 그러지 않아야겠다. 백양은 생각난 김에 선사에 전화를 걸어, 이러한 내용을 건의했다. 선사에서도 흔쾌히 동의해서 선착장 앞에 세움 간판을 설치하기로 했다.

아름다운 섬 가파도에 오신 걸 환영합니다.
가파도는 제주 청정 지역으로 우리 모두가 깨끗하게 지켜야 합니다.
쓰레기는 아무 데나 버리지 마시고 수거함에 넣거나
도로 가져가 주시면 고맙겠습니다.

*

4월이 되자, 청보리 축제가 시작되었다. 가파도에서 주최하는 가장 큰 축제다. 평소에는 하루에 일곱 번 운행하던 여객선도 축제 기간에는 많게는 스무 번이나 운행한다. 매번 들고 나는 관광객으로 인산인해를 이룬다. 이에 비례하여 쓰레기 또한 산더미처럼 쌓인다. 이를 어찌할 것인가?

이런저런 고민을 하고 있는데, 가파초등학교 아이들이 매표소로 들어왔다. 야외 수업을 하러 모슬포로 나가는 날이다. 백양은 아이들을 불러 모아 놓고 물어봤다.

"얘들아, 축제 기간에 쓰레기를 모아 온 관광객들에게 무슨 선물을 주면 좋을까? 특히 어린이들은 무슨 선물을 좋아해?"

"비싸도 돼요?"

"아니, 비싸면 안 돼. 그냥 관광 온 어린이들이 받으면 좋아할 선물 정도."

"그러면 고양이 스티커 어때요?"

"고양이 스티커?"

"가파도는 고양이 섬이니까 귀여운 고양이 스티커가 좋을 것 같아요."

백양은 눈이 번쩍 뜨였다. 그렇지, 아이들이 좋아하는 건 아이들에게 물어야지. 백양은 마을에 건의하여 원하는 관광객에게 작은 종량제 봉투를 제공하고, 거기에 쓰레기를 담아 오면 가파도 고양이 스티커로 교환해 주는 행사를 했다. 가파도에 실제로 사는 고양이를 모델로 낚시하는 고양이, 자전거 타는 고양이, 책 읽는 고양이, 요가 하는 고양이, 잠자는 고양이를 그려서 스티커를 만들었다. 처음에는 고양이 스티커가 예쁘다며 파는 거냐고 물었다가, 종량제 봉투를 채워 오면 선물로 주는 거라 말했더니 종량제 봉투를 받아 가서 가득 채워 오는 관광객들도 있었다.

스티커를 줄 테니 플로깅을 하자는 제안은 그야말로 효과 만점이었다. 관광객은 넘쳐났지만 쓰레기는 현격히 줄어들었다. 특히 어린이들이 신나서 쓰레기를 모아 오니 어른들도 따라서 쓰레기를 주워 왔다. 아이들은 선물로 받은 스티커를 핸드폰에 붙이며 좋아했고, 이는 또 다른 관광 상품이 되었다. 관광객들이 쓰레기를 줍는 깨끗한 관광지로 알려지면서 제주도 방송국에서 취재를 오기도 했다. 덕분에 주민들도 관광객도 서로 미소를 지으며 인사를 나누는 일이 잦아졌다. 관광지에 와서 쓰레기를 주워 오는 관광객을 싫어할 주민이 어디 있단 말인가?

특히 축제 기간 플로깅 행사가 잘 진행되는 데에는 가파초등학교 학생들의 도움이 컸다. 학생들이 선생님과 함께 홍보용 몽골 텐트 하나를 구해 와 손을 보탰기 때문이다. 선생님이 고양이 옷을 입고 관광객을 모으면, 학생들은 종량제 봉투를 채워 오는 사람에게 고양이 스티커를 나눠 줬는데, 행사 중간중간 고양이 노래를 합창해서 박수를 받기도 했다.

백양은 프로젝트가 끝나는 날, 아이들을 집에 초대해 마당에서 피자와 떡볶이 파티를 열었다. 피자는 모슬포에서 사 왔고,

떡볶이는 백양이 직접 솜씨를 발휘했다. 마당에 자리를 깔고 음식을 풀어 놓으니 아이들이 삼삼오오 모여 앉아 맛있게 먹었다. 학부모들도 저마다 음식을 들고 와 함께 나눠 먹으며 대화를 나눴다.

"아이들이랑 축제에 참여하니 참 좋네요."

"정말요. 어른들만 즐기는 축제 같았는데, 아이들이 축제의 주인공이 된 것 같아요."

백양은 학부모들에게 아이들을 자랑했다.

"사실 고양이 플로킹 행사는 아이들이 아이디어를 낸 겁니다."

학부모들이 눈을 동그랗게 뜨며 백양을 쳐다보았다.

"정말입니다. 매표소에 아이들이 왔을 때 내가 물어봤거든요."

학부모들은 아이들을 바라보며 박수를 쳤다. 아이들도 활짝 웃으며 손을 흔들어 답했다. 고양이들도 주변을 맴돌며 함께 어울렸다. 축제는 손님뿐 아니라 주인들도 주인공이 되어야 한다. 모두가 즐거워야 축제다.

*

4월의 축제가 끝나고 5월이 되자, 관광객이 다소 줄어들었다. 가파도 관광은 3월부터 5월이 제철이다. 특히 4월이면 최고조에 달한다. 백양은 평소보다 두 배 이상 일했던 4월을 통과한 것만으로도 훨씬 홀가분해졌다. 워낙 바쁘게 지내다 보니 집 안 청소도 제대로 못했다. 쉬는 날 아예 날 잡고 대청소를 했다. 택배로 왔던 스티로폼이나 종이 상자를 따로 묶고, 페트병과 우유갑을 따로 정리하고, 비닐은 비닐대로, 종이는 종이대로 정리하니 산 물건보다 쓰레기의 부피가 훨씬 더 커 보인다. 쓰는 것보다 버리는 것이 더 많은 게 인간의 삶인가.

　이렇게 사는 게 맞는 걸까? 쓰레기를 줍는 것보다 더 우선해야 할 건 쓰레기를 만들지 않는 삶 아닐까? 백양은 가파도에 와서 그동안 지냈던 생활을 되돌아본다. 물론 가파도는 생필품의 공급이 여유롭지 않다. 그래서 가파도 주민들은 필요한 물건들을 택배로 많이 들여온다. 섬 밖의 마트에서 주문할 때도 있고, 인터넷 쇼핑몰에서 사기도 한다. 그러다 보니 배달 온 물건보다 쓰레기가 훨씬 더 많이 생긴다. 도시에 살 때는 잘 감지되지 않던 것들이, 섬에 내려와 혼자 살다 보니 훨씬 민감하게 느껴진다. 어쩔 수 없는 걸까?

　백양은 꼭 그렇지만은 않다는 생각을 한다. 쉬는 날 장에 가서 꼭 필요한 만큼만 사서 장바구니에 담아 오면 쓰레기가 줄어든다. 인터넷 쇼핑몰을 이용하면 편하고 빠르게 배송되지만, 그 편리함을 추구하는 대가로 만만치 않은 쓰레기가 배출된다면 자제하는 게 바람직하지 않을까. 백양은 그동안 별 의식 없이 소비하던 것들을 의식적으로 줄여 보자고 다짐한다. 메모지에 적어 냉장고에 붙여 놓는다.

적정 소비
1. 장바구니를 이용하여 직접 사기

2. 꼭 필요한 것만 사기(구입할 목록 미리 작성!)

3. 쓰레기 덜 만들기

밀린 빨래도 돌려, 볕 좋은 마당에 널어놓는다. 마당에서 흔들리는 빨래들이 만국기 같다. 삶의 잘못들을 깨끗이 빨아 밝은 빛에 널어놓으면 조금 더 깨끗한 삶을 살 수 있을까? 백양은 바람에 흔들리는 빨래를 바라보며 이런 이상한 반성을 해 본다. 잠시 쉬러 왔다가 눌러앉게 된 가파도는 말없이 백양을 받아안는다. 고양이들이 마당 한편의 볕 좋은 곳에 모여 앉아 기지개를 켠다. 깨끗하고 평화롭고 한가한 하루다.

『도덕경』 일기 6

상선약수(上善若水), 최고의 선은 물과 같다

가장 훌륭한 것은 물과 같습니다.

물은 만물을 섬길 뿐 만물과 다투지 않고,

사람들이 싫어하는 낮은 곳에 거합니다.

그래서 도(道)와 가깝습니다.

몸은 낮은 곳에 거하고

마음은 깊고

어짊과 함께하고

말은 믿음직하고

다스림은 바르고

힘을 다해 섬기고

때맞춰 움직이고

다투지 않습니다.

그래서 흠이 없습니다.

『도덕경』 8장

가파도, 사방이 물로 둘러싸여 있는 작은 섬. 이곳에 온 지도 벌써 1년이 다 되어 간다. 가파도는 도시와는 달리 공기도 맑고, 하늘도 맑고, 물도 맑다. 높은 빌딩이 없는 곳, 낮은 돌담과 낮은 집들이 옹기종기 모여 있는 작은 마을. 이 마을이 점점 좋아진다.

노자는 물을 좋아했다. 인간의 높은 경지를 물과 같다고 말했다. 왜 높은 경지가 물과 같을까? 물은 모든 것을 섬기고, 만물과 다투지 않으며, 낮은 곳에 임하기 때문이다. 그것은 자연의 모습이기도 하다.

만약에 인간이 물을 닮는다면 어떻게 살 수 있을까? 물처럼 낮은 곳에 거하고, 마음이 깊고, 남을 배려하고, 꼭 해야 할 말만 하고, 처신을 바르게 하고, 힘껏 살아가고, 움직일 때와 움직이지 않을 때를 알아차리고, 남들과 다투지 않는 삶을 살 수 있다. 그게 물에서 배우는 지혜다. 흠 없는 삶이다.

하지만 보통의 인간은 높은 지위에 오르기를 원하고, 마음은 변덕이 죽 끓듯 하고, 남들과 경쟁하며, 거짓말을 밥 먹듯 하고, 여기저기 눈치 보고, 빨리빨리 성과가 나기를 기대하고, 이익이 생긴다면 남들과 기꺼이 다툰다. 그래서 항상 세상은 갈등과 경쟁의 도가니 속과 같은 곳이 된다. 잘못을 쌓고, 쌓고 또 쌓는다.

가파도의 파도는 쓰레기를 안고 있다가 해안가에 부려 놓는다. 바다는 모든 것의 종착지이기에 생명뿐만 아니라 쓰레기도 안고 산다. 그런데 그 쓰레기는 바다가 만든 것이 아니라 인간이 만든 것이다. 결국 인간이 바다를 오염시키고 있다.

만약에 인간이 자신이 만든 쓰레기를 하나도 버리지 못하고 안고 살아간다면 어떻게 될까? 한 달도 채 못 가서 인간의 삶은 엉망진창이 될 것이다. 인간은 좋은 것은 자신이 누리고, 싫은 것은 기꺼이 버린다. 인간이 버린 것들이 저절로 사라진다면 얼마나 좋겠느냐마는, 버린 것들은 저절로 사라지지 않고, 다른 누군가의 삶을 망치는 결과를 낳는다. 이를 어찌할 것인가?

자연을 보호하고 자연과 함께 살아가려면, 인간은 자신의 삶을 자연스럽게 조절해야 한다. 인간이 자연이 되어야 한다. 인간과 자연이 분리될 때, 인간도 자연도 결국 망한다. 인간과 자연이 함께할 때, 인간도 자연도 산다. 미래의 삶은 여기에 달려 있다.

7* 고양이도서관을 만들다

　선사에서 매표소 일을 더 하겠느냐고 연락이 왔다. 백양이 매표소에서 일한 지도 벌써 1년이 다 되어 간다. 5월에 가파도에 내려와 한 달을 지내고, 6월에 매표원이 되었으니 다음 달이면 1년 계약이 끝난다. 1년이 쏜살같이 지나간 것 같다. 백양은 일주일만 말미를 달라고 했다.
　백양은 태람 아빠에게 전화를 했다. 점심을 같이하면서 상의할 게 있다고 말했다. 태람 아빠가 점심시간에 맞춰 매표소로 내려왔다. 둘은 섬 한가운데 있는 전망대 식당에 가서 같이 점심을 먹었다. 점심 식사 후 전망대 카페에서 아이스아메리카노와 청보리 미숫가루를 한 잔씩 시켰다.
　"이번 달이면 1년 계약이 끝나네요."
　"정말 시간이 빠르게 흐르네요."

"그동안 고마웠소."

"올해까지만 하시게요?"

"그래야 하지 않을까요?"

"끝나면 뭘 하시려고요?"

"뭐, 딱히? 일단 집으로 돌아가야지요."

"가파도 생활이 힘드셨나 봐요."

"힘든 것도 있고, 좋은 것도 있고……."

백양은 지난 1년을 회상해 봤다. 즐거웠던 일도 많았고, 좋았던 시간도 많았고, 힘든 적도 있었고, 외로웠던 적도 있었다. 1년을 뭉뚱그려서 평가할 수는 없었다.

"매표소 일이 힘드셨나요?"

"매표소 일이 힘든 건 아니고……."

"그런데 왜요?"

"이제는 집으로 돌아가야 할 것 같기도 하고, 여기서는 달리 할 일이 없는 것 같아요."

"뭘 하고 싶으신데요?"

"사람이 살면서 돈을 좇을 때가 있지만, 나이가 들면 돈보다는 재미나 의미를 좇기도 하지요."

"아하, 재미나 의미!"

"물론 어렸을 때는 의미가 없어도 재미만 있으면 그만이었는데, 이제는 의미가 있어야 재미가 있더군요."

태람 아빠는 고개를 끄덕이며, 뭔가 생각을 하는 것 같았다. 잔에 남은 청보리 미숫가루를 다 마시더니 입을 열었다.

"그러면 선생님, 저랑 의미 있고 재미난 일을 하시지요."
"좋은 일이 있소?"
"태람이가 이제 6학년이고, 내년이면 중학교에 가야 하는데 태람이는 농사를 배우고 싶어 해서요. 그래서 집에서 홈스쿨링을 하려고 하는데, 그냥 집에서 아이 혼자 공부하는 것보다는 대안학교처럼 농사도 배우고 공부도 하는 도서관을 하나 만들면 어떨까 생각했거든요."
"가파도에 도서관을?"
"뭐 대단한 도서관은 아니고, 자그마하게요."
'도서관'이라는 말에 백양은 귀가 쫑긋 솟는다. 도서관을 그만둘 때의 아쉬움은 지금도 남아 있다. 그런데 이 작은 섬 가파도에서 도서관을? 백양은 반신반의하면서 태람 아빠를 쳐다본다.
"사실, 제가 진작에 가파초등학교 뒤쪽에 도서관 할 집을 하나 얻어 놨거든요. 우리 아이들 공부방을 차릴까 하다가 차라리 누구나 이용할 수 있는 작은 도서관을 차리면 어떨까 하는 생각이 들더라고요."
"그러니까, 장소도 있단 말이지요."
"네, 고쳐야 할 곳은 많지만 있는 셈이지요."
"시간 되면 오늘 한번 가 봅시다."
"오늘 일과 끝나고 가 보시지요."
"그럽시다."
"그럼 일단은 가파도에 좀 더 계시는 거로 결정하신 겁니다?"
백양은 매표원을 그만둘까 생각했는데, 이제 새로운 일이 생긴 듯하다. 도서관이라면 의미도 있고, 재미도 있을 테니까. 하지만 매표원을 계속하면서 도서관을 만들 수 있을까? 백양은 걱정이 됐다. 그런 백양의 표정을 알아채고 태람 아빠가 말을 꺼낸다.

"그리고 매표소 일은 저랑 반반 나눠서 하시지요."

"태람 아빠랑 나랑?"

"네."

"태람 아빠 일은 어떡하고요?"

"태람이가 초등학교를 마치면 어차피 그 일은 계속할 수가 없어요. 하지만 매표소 일이라면 선생님과 제가 시간을 잘 조절하면 될 것 같은데요."

"그런 수가 있었군. 태람 아빠는 계획이 다 있군요."

"무슨 영화 대사 같은데요."

둘은 마주 보고 활짝 웃었다. 매표소 문제도 어느 정도 해결되고, 도서관을 만드는 의미 있는 일도 할 수 있으니 일석이조다. 마당 쓸고 돈 줍고, 도랑 치고 가재 잡고. 점심시간이 끝나고 백양은 매표소로 돌아와 오후 근무를 시작했다. 오후가 순식간에 지나갔다.

*

퇴근하고 태람 아빠를 만나 학교 뒤에 얻었다는 집을 구경했다. 집에는 온갖 폐품과 잡동사니가 그득했다.

"집은 그럭저럭 넓은데, 웬 잡동사니가 이렇게 많아요?"

"제가 쓸 만한 것들을 주워다 놓았어요. 도시에서는 쉽게 살 수 있는 거지만, 가파도에서는 귀한 재료들이지요. 책장도 만들고, 탁자도 만들고, 의자도 만들 수 있어요."

말을 듣고 보니, 하나하나 떼어 놓으면 폐품이지만, 재활용하면 좋은 재료가 될 것 같기도 했다.

"제가 어렸을 때 '아나바다 운동'이 있었어요. 아껴 쓰고, 나눠 쓰고, 바꿔 쓰고, 다시 쓰자는 운동이었는데, 어느샌가 사라져 버린 것 같아요. 지금처럼 자원이 부족할 때 더욱 필요한 운동이 아닐까 싶네요."

"그래서 고쳐 쓰겠다고 모아 놓은 거로군!"

"그렇죠. 다시 쓰려면 고쳐 써야 할 것도 많으니까요."

"차라리 '아나바다고 운동'이라고 하는 게 더 나을 뻔했네."

"하하, 그런가요?"

백양은 태람 아빠의 재활용 정신이 썩 마음에 들었다. 쓰레기를 덜 만들려면 고쳐 쓰기도 필요하니까. 집 안쪽을 살펴보고, 마당을 보았다. 마당은 널찍하니 텃밭도 있고, 고양이 급식소도 있었다.

"마당에다가는 고양이 놀이터를 만들면 딱 좋겠네요."

"고양이 놀이터요?"

"급식소는 밥 먹는 곳이고, 놀이터는 노는 곳이니까. 아이들이나 고양이나 잘 먹고 잘 놀아야 하지요."

"고양이 놀이터는 생각도 못 했네요."

"우리 집에 사는 고양이들을 보고 어린이 놀이터처럼 고양이 놀이터가 있으면 좋겠다는 생각을 진작 했었는데, 내가 손재주가 없어서요."

"좋은 아이디어인 것 같아요. 도서관을 차린다면 뭔가 상징적인 게 있었으면 했는데, 고양이가 좋겠네요. 도서관 이름도 '고양이도서관'이라고 지으면 어떨까요?"

"고양이도서관이라. 가파도에 어울리고 참 좋은 이름인 것 같소."

"그럼 결정!"

"벌써?"

"쇠뿔도 단김에 빼랬으니까요. 결정!"

"번갯불에 콩 볶아 먹네."

"그런데요, 선생님……. 번갯불에 콩이 볶일까요?"

백양과 태람 아빠는 서로 마주 보며 껄껄 웃었다. 뭔가 신나는 일이 벌어질 것만 같은 기운이다.

*

며칠 지나 백양은 선사에 연락해서 재계약을 하겠다고, 태람 아빠랑 함께 교대로 일을 보겠다고 말했다. 선사에서도 흔쾌히 수락했다. 그동안은 백양이 쉬는 날이면 운진항 선사에서 파견 직원을 보내야 했는데, 가파도 매표소 일은 가파도에서 해결한다니 선사에도 결코 나쁜 소식이 아니었다. 다만 일자리를 나누면 임금이 줄어들 텐데 괜찮겠느냐고 물었다. 백양은 괜찮다고 말했다. 도리어 일이 줄어드니 편하다고.

물론 돈을 많이 벌기 위해 일만 죽어라 하는 사람도 있다. 경제적 문제를 해결하는 게 인생에서 가장 중요하다고 생각하는 것이다. 하지만 시간이 흐르고 기술이 발전하면서 일자리는 줄어들 테고, 그만큼 일자리를 나눠야 할 시간도 점점 다가오고 있다. 경쟁보다 공생을 선택하려면 경제적 혜택을 서로 조금씩 양보해야 한다고 백양은 생각했다. 백양은 일을 더 해 돈을 더 버는 것보다, 일을 덜고 의미 있는 삶을 살고 싶었다.

백양은 쉬는 날 대정읍에 있는 송악도서관을 방문했다. 쉬는 날마다 도서관을 방문해 책을 빌렸기 때문에 나름 단골 이용자였다. 그런데 평소와 달리 자료실이 아니라 사무실을 찾자, 직원들이 무슨 일로 오셨느냐고 물었다. 그때 건형의 친구인 백양을 알아본 사서가 반갑게 인사하며 백양을 맞이했다. 백양은 사서의 안내로 응접실 의자에 앉았다. 사서는 과일 주스를 권하며 무슨 일이냐고 물었다.

"가파도에 도서관을 하나 차리려고요."

"가파도에 도서관을요?"

사서는 깜짝 놀라 되물었다. 백양은 가파도 주민들이 대정읍까지 나와서 도서관을 이용하기 불편하다는 이야기, 특히 어린이나 노인은 더더욱 도서관 이용이 쉽지 않다는 이야기, 가파도에 오는 관광객도 편하게 이용할 수 있는 도서관이 있었으면 좋겠다는 이야기, 누구나 책을 읽고 싶은 사람은 들를 수 있는 편안한 도서관이 동네에 있으면 좋겠다는 이야기, 마당에는 고양이들이 즐겁게 놀고 자연과 인간이 어우러지는 도서관이 있으면 좋겠다는 이야기까지, 이런저런 이야기를 풀어놓았다.

같이 자리에 앉지는 않았지만, 다른 직원들도 백양의 이야기에 귀를 기울이는 것 같았다. 맞은편에 앉은 직원이 웃으며 물었다.

"그럼 어떤 걸 도와드리면 될까요?"

"도서관을 만드는 데 재정 지원이나 도서 지원을 받을 수 있을까 해요."

꿈은 거창했으나 소망은 소박했다. 사서는 활짝 웃으며 재정 지원은 어렵지만 도서 지원은 가능할 것 같다며, 어떤 종류의 책이 필요한지 물었다. 백양은 어린이가 편하게 접근할 수 있는 그림책, 관광객이 빨리 읽을 수 있는 수필이나 시집, 노인도 편히 읽을 수 있는 큰글자책을 이야기했다. 사서가 업무 노트에 일일이 메모를 하면서 지원할 방법과 규모, 시기를 상의해서 알려드리겠다고 친절하게 응대했다. 그리고 서로의 전화번호를 교환했다. 백양은 사서와 직원들에게 고맙다고 인사하고 도서관을 나왔다.

건형에게 연락했는데, 서울에 일이 있어 왔다며 무슨 일이냐 물어서 그간의 변화를 이야기해 줬다. 건형은 가파도에 와서도 도서관이냐며 허허 웃었다. 백양은 건형에게 좋은 책이 있으면 기증해 달라고 당부했다. 그리고 집에도 전화를 걸었다. 가파도에서 좀 더 지내게 되었으며, 도서관을 함께 만들기로 했다는

이야기까지 전했다. 집에 있는 책 중에서 필요한 책들의 목록을 보낼 테니 챙겨서 택배로 부쳐 달라고 이야기했다. 가족들은 백양이 가파도에 1년 더 머문다는 소식에 놀라면서도 흔쾌히 알겠다고 했다. 백양의 목소리에 생기가 넘쳤기 때문이다.

　백양은 가파도에 도서관을 만들려고 이런저런 일을 준비하면서 자기가 좋아하는 게 무엇인지, 자기가 의미 있어 하는 게 무엇인지 새삼 느꼈다. 세상이 디지털로 바뀌어도 아날로그로 작동하는 도서관은 얼마든지 있으며, 종이책도 쉽사리 사라지지 않으리라 생각했다. 기름과 전기가 있기도 전에 종이가 생겼던 것처럼, 기름이 떨어지고 전기가 나가도 종이는 생존하리라. 백양은 어쩌면 인류보다도 더 오랜 세월을 버틸 수 있는 게 종이일지도 모른다는 생각을 했다.

*

　막 배를 타고 다시 가파도로 들어가니 태람 아빠가 퇴근 준비를 하고 있었다. 백양은 태람 아빠에게 송악도서관에 들른 이야기, 건형과 집에 연락해서 책을 보내 달라고 했다는 이야기를 전한다. 태람 아빠는 자기도 사부작사부작 모아 놓은 책이 꽤 된다고 하면서 그 정도면 도서관을 꽉 채울 수 있을 거라며 웃는다. 그리고 학교 뒷집을 대충 정리했다며 가 보자고 한다.

　고양이도서관이 될 집에 가 보니, 안은 벌써 어느 정도 정리가 되어 깔끔했다. 특히 눈에 띄는 것은 통나무 원목으로 기둥을 세우고, 칸칸이 틈을 내어 판자를 끼워 넣은 책장이었다. 본래의 모습을 그대로 간직하면서도 꼭 필요한 만큼만 인간의 손길이 더해진 멋진 책장이었다. 고양이도서관의 상징이 될 법한 가구였다.

"아니 이렇게 멋진 책장이?"

"제가 아이디어를 좀 내 봤어요. 통나무는 바다에 쓸려 온 원목을 잘라서 이용했고요, 판자는 길이에 맞춰 목재소에서 재단해 왔어요. 사포질하고 자연염료를 칠하니까 퍽 괜찮은 책장이 만들어진 것 같아요."

"저 기둥이 바다에 쓸려 온 나무라고요?"

"네, 맨 처음 바다에서 끌어 올렸을 때는 처치 곤란이었는데, 적당한 크기로 잘라 보관하니까 이렇게 근사한 재료가 되네요."

"재주꾼이군."

"과찬이십니다, 하하."

마당도 어느 정도 정리가 되어 있었다. 사다리를 만들어 마당에 있는 나무에 기대어 두고 곳곳에 고양이가 쉴 수 있는 원목 판자를 펼쳐 놓았더니, 마치 고양이들의 비밀 아지트 같았다. 그리고 나무와 나무 사이를 구름다리처럼 연결해, 고양이들이 이 나무에서 저 나무로 옮겨 다닐 수 있게 만들었다. 세상 어디에도 없는 고양이 놀이기구였다. 게다가 아래에는 나무 상자를 겹쳐 쌓고, 앞에는 동그란 구멍을 내어 고양이들이 숨어서 편히 쉴 수 있는 공간을 만들었다. 나무 상자도 잘 다듬어 색색이 칠을 해서 마치 무지개 연립 주택 같았다.

"새집만 나무 위에 올려놓을 생각을 했지, 고양이 집을 나무 위에 올려놓을 생각은 못 했는데 이런 발상은 어떻게 했소?"

"고양이 놀이기구를 찾아보니까 캣타워라는 게 있더라고요. 고양이는 높은 곳에 올라 주변을 살펴보는 걸 좋아한다고 해서 발상의 전환을 해 봤어요. 자연 상태의 캣타워를 만들면 좋겠다고요."

"그러면 저 무지개 상자를 층층이 쌓은 것도?"

"네, 같은 아이디어지요."

"뭐 더 만들고 있는 게 있소?"

"아직 완성은 안 됐지만, 커다란 양산의 활을 이용해서 물고기와 나비가 달린 회전 모빌을 만들어 보려고요."

"회전 모빌?"

"애들도 어릴 적 침대에 누워 회전하는 모빌을 보고 좋아하잖아요."

"이제 봤더니 태람 아빠는 발명가로구먼."

백양은 태람 아빠와 같이 저녁 식사를 하면서 고양이도서관을 차릴 일정을 점검해 봤다. 6월까지는 집을 정리하고 필요한 집기류를 구하는 데 쓰고, 7월에는 본격적으로 책을 모아 정리와 전시를 하고, 8월 초에는 개관식을 하면 될 듯하다. 필요한 집기류 목록도 작성하고, 인터넷도 신청하고, 여기저기에서 모이는 책을 분류하고, 같이 도서관을 운영할 회원도 모집하고, 개관식에 초대할 분들도 점검하고, 여름방학 때 도서관 프로그램도 개발해야 하니 세 달을 준비한다고 해도 시간이 빠듯하다. 하지만 시작이 반이라고, 이미 반은 된 것이다. 나머지 반을 어떻게 채울 것인가는 가파도 사람들의 호응에 따라 달라질 것이다.

*

백양은 집으로 돌아와 고양이들에게 밥을 주고, 커피 한 잔을 타서 식탁 앞에 앉았다. 백양이 이전에 근무했던 국립중앙도서관은 대한민국에서 가장 큰 도서관이었다. 대한민국의 책들이 모두 모이는 곳, 그래서 없는 책이 없었던 곳. 하지만 지금 백양이 가파도에서 차리려는 도서관은 아마도 대한민국에서 가장 작은 도서관일 것이다. 책을 모아 놓고 싶어도 공간이 적어 책을 선별해서 간직해야 하는 곳. 규모가 작으니 고르고 또 골라야 한다. 그리고 도서관은 책이 있는 곳이지만 사람이 찾아오는 곳이기도 하니, 공간이 넉넉해야 한다. 따라서 이전에 도서관을 운영하던 것과는 다른 관점으로 접근해야 한다. 우선은 가파초등학교 학생들과 학부모를 중심으로 운영하고, 나중에는 해녀회, 노인회, 청년회가 참여할 수 있는 프로그램을 만들 수 있을 것이다.

큰 도서관은 어떻게 책을 채울지 고민해야 하지만, 작은 도서관은 어떻게 책을 비울지 고민해야 한다. 큰 도서관이 백화점이라면, 작은 도서관은 전문점이다. 작은 도서관은 특정한 주제에 집중해서 책을 채울 필요가 있다. 백양은 고양이도서관에 어울리는 주제를 골라 봤다. 우선, 고양이도서관이니 고양이 책을 모아야겠다. 두 번째로 가파도에 있으니 제주도를 포함하여 섬에 관한 책을 모으면 좋겠다. 마지막으로 가파도는 자연 생태가 살아 있는 곳이니 자연 생태에 관한 책을 모아야지. 고양이, 섬, 생태! 이 세 주제를 중심으로 책을 모으면 되겠구나. 백양은 메모지에 적어 냉장고에 붙여 두었다.

『도덕경』 일기 7

공수신퇴(功遂身退), 공을 세우면 물러나라

넘치도록 채우지 말고

적당한 때 멈춰야 합니다.

칼날이 날카로우면 오래 보존할 수 없습니다.

금은보화가 넘쳐나는 집은 지키기 어렵습니다.

재산이나 지위가 높아져 교만해지면

재앙이 다가옵니다.

공을 세우되 나서지 않는 것이

하늘의 길입니다.

『도덕경』 9장

문명사회에서 사람들은 만들고 쓰고 채우는 것을 기본적인 생활 태도로 삼아 살아간다. 자신의 욕망을 최대한 실현하는 것을 성공이라고 생각한다. 하지만 사람의 욕망을 다 채우는 것은 불가능하다. 이 세상의 물건이 사람의 욕망을 다 채울 수 없기 때문이다. 그래서 갈등이 일어나고 싸움이 생기고 전쟁이 터진다. 더 가진 자들이 덜

가진 자의 것을 빼앗아 자신의 배를 채운다. 부익부 빈익빈, 삶의 양극화가 심해진다.

노자는 이런 사회를 극복할 수 있는 대안으로 '비움'을 주장했다. '채움'이 아니라 '비움'이다. 넘치도록 채우지 말고, 적당할 때 멈춰야 비움이 가능하다. 집 안을 금은보화로 가득 채우면 행복이 가득 차는 게 아니라, 금은보화를 지키려고 불안이 가득 찬다. 넘치도록 채우는 것은 재앙이다. 노자는 이렇게 생각했다.

이는 비단 재물에만 국한되는 이야기가 아니다. 지위가 높아지고 공을 많이 세워도 문제가 된다. 지위가 높아지면 시기하는 사람이 많아지고, 공이 많아지면 그 공덕을 누리려는 사람이 생겨난다. 그러면서 싸움이 계속 생겨난다. 그러니 공을 세우되 공을 세웠다고 내세워서는 안 된다. 공을 세우고 조용히 물러나라.

하늘은 빛을 주고 비를 줘도 자신의 공덕을 자랑하지 않는다. 나무는 열매를 맺었다고 열매를 먹는 사람에게 대가를 요구하지 않는다. 사람도 이처럼 살아가면 안 될까? 그것이 하늘의 길이다. 노자는 그렇게 생각했다.

태람 아빠와 고양이도서관을 만들 준비를 하고 있다. 가파도에서는 처음 있는 일이다. 규모는 크지 않지만, 이 작은 도서관이 가파도에 새로운 바람을 불러일으키길 소망한다. 욕심을 부리지 말고 작지만 알차게 운영해야겠다. 덜어 내고 덜어 내어 옹골차게 중요한 것들을 지키는 문화의 중심지가 되었으면 좋겠다. 세상의 중심은 디지털이 차지하고 있지만, 대한민국 최남단의 이 작은 섬에서는 아날로그적인 문화 운동을 시작해야겠다.

나를 비우고, 주민이 주인이 되는 도서관을 만들자. 그리고 공로를 세우더라도 뒤로 물러서서 주민들이 주인공이 되는 그런 도서관을 만들어야겠다. 하늘의 길을 따르는 생태적인 도서관을 만들어보자.

8 * 노자를 강의하다

고양이도서관의 개관일은 8월 8일로 정했다. 8월 8일은 '세계 고양이의 날'이다. 이날은 고양이에 대한 인식을 개선하고 유기묘의 입양을 권장하는 등 고양이를 돕고 오랜 시간 인간과 함께해 온 고양이의 탄생을 축하하기 위해 2002년 국제동물복지기금에서 제정했고, 2020년부터 영국의 국제고양이보호협회가 주관하고 있는 기념일이다. 세계적으로 고양이를 위한 행사가 열리는 날에 고양이도서관을 개관하는 것은 참으로 의미 있는 일이었다.

"고양이도서관에 오신 여러분, 환영합니다. 오늘은 세계 고양이의 날이기도 합니다. 이렇게 뜻깊은 날에 도서관을 개관해서 정말 기쁩니다."

태람 아빠의 개회사로 개관 행사가 시작되었다. 하늘이 도왔는지 날씨도 좋고 바람도 선선히 불었다. 가파초등학교 학생들과 학부모, 선생님, 마을 이장님, 어촌계 해녀분들, 청년회 간부, 노인회 회장님이 참여했다. 섬 바깥에서는 송악도서관 관장님, 제주도 동물 보호 단체 회원분들, 작은 서점 사장님들도 들어오셨다. 도서관이 작아서 마당에 자리를 마련했다.

"날씨가 참 좋죠. 하늘은 구름 한 점 없이 맑고 바람은 시원합니다. 하늘도 도서관의 개관을 축하하는 것 같습니다. 행사는 간단히 30분만 하겠습니다. 행사가 끝난 후에는 도서관도 구경하시고 주변도 돌아보시기 바랍니다. 지금 여러분이 앉아 있는 곳은 고양이 놀이터이기도 합니다. 들어오시는 길에 가파도 고양이 관련 전시물도 있으니 천천히 감상하시기 바랍니다."

도서관으로 들어오는 길에는 가파초등학교 학생들이 가파도 고양이를 관찰한 후 쓰고 그린 관찰 일기와 시, 고양이 지도가 전시되었다. 고양이 급식소에 특별 간식으로 고양이용 캔을 까 주자 동네 길고양이들도 많이 참가했다. 까치들은 손님을 반기는 듯 나뭇가지에 앉아 깍깍댔다.

"개관을 기념하는 가파초 학생들의 연주가 있겠습니다."

행사는 학생들이 〈고양이 행진곡〉(Mitchiri Neko March)을 연주하는 것으로 시작했다. 리코더와 멜로디언으로 연주하는 귀엽고 신나는 음악에 맞춰 사람들이 박수로 호응했다. 이어 마을 이장, 노인회 회장, 어촌계 계장, 청년회 회장의 축사, 송악도서관 관장의 격려사, 가파초등학교 교장 선생님의 응원사, 그리고 고양이도서관의 첫 번째 관장인 백양의 인사말이 이어졌다.

"안녕하십니까. 소개받은 고양이도서관 관장 이백양입니다. 서울에서 살다가 가파도로 온 지 2년이 되었습니다. 지금은 가파도 매표소에서 일하고 있지요. 사회를 보는 태람 아빠의 권유로 함께 도서관을 만들었습니다. 고양이도서관은 고양이, 섬, 생태를 주제로 해서 꾸몄습니다. 비록 책은 많지 않지만, 알차게 준비했으니 많이들 이용해 주시기 바랍니다.

아울러 이 도서관은 가파도 사람들의 휴식처이자, 고양이들의 안식처이며, 함께 책 읽고 이야기 나누고 책을 만드는 문화 공간으로 사용될 것입니다. 여름방학 때는 아이들을 위한 독서 캠프를 열고, 글을 쓰고 싶은 성인을 위한 창작 캠프도 진행할 예정입니다. 내년에는 주변의 밭을 얻어 청소년 농부 학교도 열 예정입니다. 아름다운 섬 가파도에서 농사를 배우며 자급자족하는 삶을 살고픈 청소년과 학부모님들의 많은 참여를 부탁드립니다.

지금 우리가 사는 사회는 인공지능이 널리 사용되는 한편 종이책이 사라지고 있습니다. 하지만 저는 인공지능 시대가 열릴수록 질문하는 인간의 능력이 더욱 함양되어야 한다고 생각합니다. 질문하는 힘은 바로 인문학적 소양을 갖추는 것에 달려 있습니다. 그리고 인문학적 소양은 함께 책을 읽고 토론하고 질문하고 답을 찾는 과정에서 쌓여 가는 것입니다. 인공지능은 많은 정보를 순식간에 처리하는 방면에서는 인간의 능력을 능가하지만, 새로운 질문을 만들고 물을 수 있는 능력은 오직 인간에게만 있습니다. 우리는 정답을 찾는 기계가 아니라 질문을 하는 인간입니다. 고양이도서관은 자연과 이웃과 더불어 살아가면서 삶에 꼭 필요한 것이 무엇인지 스스로 질문하는 교양 있고 품격 있는 인간을 길러 내는 공간이 되고자 합니다.

오늘같이 좋은 날, 귀한 시간을 내서 참여해 주신 여러분이 바로 고양이도서관의 주인공입니다. 저도 여러분과 함께 서로 아끼고 나누는 삶을 살아가도록 노력하겠습니다. 고맙습니다."

백양의 인사말이 끝나자 박수 소리가 터져 나왔다. 태람 아빠는 팸플릿과 기념품을 꼭 챙기시라는 말과 함께 단체 사진을 찍는 것으로 행사를 모두 마치겠다고 안내했다. 참여한 사람들이 마당에서 도서관을 배경으로 사진을 찍었다.

*

행사에 참여한 송악도서관 관장이 건형에게서 말씀을 많이 들었다면서, 백양에게 따로 모시고 이야기를 나누고 싶다고 말했다. 백양은 매표소 오후 근무를 시작해야 하니, 매표소로 가서 커피 한잔하면서 이야기를 나누자고 했다. 개관식에 참여한 손님들은 태람 아빠가 응대하기로 하고, 백양은 관장과 함께 돌담 길을 따라 매표소로 걸었다.

"가파도에 도서관을 차리다니 정말 대단하십니다."

"태람 아빠가 다 준비한 겁니다."

"그래도 선생님께서 책도 마련하시고 큰 몫을 하셨잖아요."

"앞으로도 송악도서관에서 고양이도서관을 많이 지원해 주셔야지요."

"알겠습니다. 저도 선생님에게 부탁드릴 게 있는데요."

"부탁이요?"

"송악도서관이 교육청 산하의 도서관인 건 아시지요? 그래서 교사를 대상으로 한 프로그램을 진행하기도 하는데, 이번에 선생님께서 교육 인문학 강의를 맡아 주시면 어떨까 해서요."

"제가요?"

"선생님이 아니면 누가 하겠습니까."

백양은 몇 번을 고사했지만, 관장은 부탁을 접지 않았다. 결국은 한 달에 한 번, 매표가 끝나는 저녁 시간에 맞춰 강의를 진행하기로 했다. 송악도서관 관장은 몇 번이고 고맙다고 인사를 하고 가파도를 떠났다. 관장을 보내고 나서 백양은 자신이 강의를 안 한 지 얼마나 되었나 생각해 보았다. 국립중앙도서관에 있을 때는 때로 도서관 행사로 강의도 하고, 토론회에 참석하여 발표도 했지만, 가파도에 내려오고 나서는 마치 숨어 사는 사람처럼 가급적 여러 사람 앞에 나서지 않았다. 짐을 덜고 편안히 쉬려고 내려왔는데, 점점 짐이 늘어나고 있다. 나서고 싶지 않았는데 결과적으로 나서게 되었다. 사실 고양이도서관 관장도 안 하겠다고 여러 번 고사했지만 태람 아빠가 딱 1년만 해 달라고 부탁해서 마지못해 맡은 것이었다. 그런데 이제는 송악도서관에서 교사 대상 강의까지 맡게 되었다.

삶을 살다 보면 자신이 원하지 않는 방향으로 바람이 불 때가 있다. 젊었다면 바람을 거스르고 돌진하겠지만, 나이가 들면서 바람에 저항하지 않고 바람을 타고 놀아야 한다는 생각을 하기도 했다. 그래, 원하는 길은 아니지만 어차피 가야 할 길이라면 기꺼이 최선을 다해 가 보기로 한다. 그런 생각을 하며 백양은 해안 도로를 타고 집으로 돌아왔다.

*

고양이 밥을 챙겨 주고 저녁 식사를 가볍게 해결한 후 백양은 책상 앞에 앉는다. 그리고 『도덕경』을 펼쳐 든다. 젊은 시절부터 가야 할 길이 희미할 때면 『도덕경』을 펼쳐 읽으며 삶의 방향과 속도를 조절해 왔다. 첫 장부터 눈길을 사로잡는다.

> 우리가 걷는 길이 항상 옳은 길일 수는 없습니다.
> 우리가 붙인 이름이 항상 옳은 이름일 수도 없습니다.
> 이름 없음, 우주의 시작입니다.
> 이름 붙임, 이 세상의 탄생입니다.
> 그래서 언제나 욕망을 없애면 우주의 신비함을 볼 수 있습니다.
> 언제나 욕망이 생기면 세상의 나타남을 보게 됩니다.
> 길의 신비함과 나타남은 같은 것으로,
> 이름만 다르게 드러날 뿐입니다.
> 둘 다 신비라 말할 수 있습니다.
> 신비하고 신비합니다. 모두 신비의 문입니다.
>
> 『도덕경』 1장

백양은 1장을 찬찬히 읽으면서 생각에 잠긴다. 자신이 걸었던 길들을 천천히 떠올려 본다. 젊은 시절 분노에 사로잡혀 세상을 바꾸려 했던 적도 있고, 나이가 들면서 세상살이가 생각처럼 만만치 않다는 것도 절감했고, 결혼하여 일상을 살아가는 것이 참으로 어렵다고 생각했던 적도 있다. 자식을 키우고, 직장에 다니고, 직급이 올라가고, 책임감이 더 생기는 어른의 삶이 참 소중하다는 생각도 했었다. 은퇴하여 모든 짐을 내려놓고 편안하게 살려고 했지만, 삶은 바람대로 흘러가지 않았다. 길은 때로 굽고, 거칠고, 곧고, 돌아가고, 좁고, 넓었다. 탄탄대로인가 했더니 가시밭길이었고, 가시밭길이 끝나는 곳에 꽃밭이 펼쳐지기도 했다. 행복이 연이어 오지 않았던 것처럼 불행도 몰아치지 않았다. 한쪽 길이 끝나면, 그사이 작은 길이 열렸다. 삶은 참으로 신비로운 것이로구나.

이 우주의 신비함을 느끼는 방법은 일희일비하지 않고 매일매일의 삶을 정성을 다해 살아가는 것이로구나. 백양은 그렇게 생각했다. 모든 것을 끊고 살겠다는 생각은 불가능한 욕망일지도 모른다. 그렇다면 자신이 원하는 길만이 아니라 자신에게 주어진 길도 성실하게 살아가야겠다. 생각이 여기까지 도달할 때쯤 백양은 교사를 대상으로 무엇을 강의해야 할지 영감이 떠올랐다.

노자의 『도덕경』을 가르침과 배움의 관점에서 새로 써 보면 좋겠구나. 그렇게 고전을 새롭게 써서 교사들과 나눌 수 있다면 좋은 지침서가 될 수 있겠구나. 백양은 『도덕경』 1장을 교육

적 관점에서 새로 써 보았다.

> 가르침은 끝이 없습니다.
> 끝이 있다고 말하면 안 됩니다.
> 배움도 끝이 없습니다.
> 끝이 있다고 말하면 안 됩니다.
> 끝이 없으니 모든 것의 시작이 될 수 있습니다.
> 시작이 있으니 가르치고 배울 수 있습니다.
> 그것이 가르침의 신비입니다.
> 그것이 배움의 현장입니다.
> 결국 가르침과 배움은 하나입니다.
> 우리는 모두 선생이자 학생입니다.
> 이름만 다를 뿐 둘 다 신비로운 것입니다.

노자가 교육자였다면 어떻게 썼을까 생각했더니 글이 써지기 시작했다. 됐다. 교사들과 이런 이야기를 나누면 좋겠구나. 백양은 강의 노트에 또박또박 새로 쓴 시를 옮겨 적었다. 그리고 그 아래, 첫 번째 시간에 이야기할 내용을 메모했다.

*

강의 첫날. 백양은 근무를 마치고 배를 타고 운진항에 내려 송악도서관으로 향했다. 도서관에 도착하니 관장이 응접실에서 백양을 반갑게 맞이하며 시원한 커피 한 잔을 탁자에 내려놓는다. 신청한 교사가 열두 명이고, 젊은 교사들이 많다는 정보를 준다. 편안한 마음으로 강의하시면 된다며 마음을 풀어준다. 백양은 관장의 안내에 따라 2층 평생교육실에 들어간다. 앉아 있던 교사들이 백양을 가벼운 웃음으로 맞이한다. 백양도 가벼운 목례로 교사들과 인사를 나눈다. 관장이 교사들 앞에서 백양의 이력을 설명한다. 백양은 멋쩍은 듯 서서 소개가 끝나기를 기다린다. 관장이 좋은 시간 보내라는 인사를 마치고 교육실에서 나가자, 백양은 마이크를 잡고 낮은 목소리로 차분히 이야기를 시작했다.

"조금 전에 소개받은 이백양입니다. 오랫동안 도서관에서 일하다가, 지금은 은퇴하고 가파도에서 매표소 직원으로 일하며 고양이들과 살고 있습니다. 조용히 사는 것을 좋아해서 나서지 않으려고 했는데, 관장님의 권유로 이런 자리에 서게 되었습니다. 앞으로 제가 선생님들과 나눌 책은 노자가 쓴 『도덕경』입니다. 『도덕경』은 총 81장의 시로 되어 있습니다. 이 강의에서는 본문 그대로 따라 읽으며 이야기를 나누지는 않으려고 합니다. 그 대신 가르침과 배움의 관점에서 노자의 『도덕경』을 새로 써서 여러분에게 나눠 드렸습니다. 노자의 『도덕경』을 이름에 단 책은 너무 많아 손으로 헤아릴 수 없지만, 가르침과 배움의 관점에서 새로 쓴 『도덕경』은 여러분이 손에 들고 있는 책이 유일할 것입니다."

강의에 참석한 교사들은 신기한 듯 교재를 훑어보았다. 백양은 가만히 교사들이 교재를 볼 시간을 내주었다. 호기심이야말로 교육의 첫걸음이니까, 그 호기심을 만끽하라는 듯이. 그리고 함께 1장을 천천히 음미하며 낭송해 보자고 말했다. 교사들의 목소리가 낭랑히 퍼져 나갔다. 마치 어린아이들이 노래하는 것처럼 맑고 투명했다. 백양은 기분 좋게 그 소리에 잠겨 들었다. 아, 얼마나 오랜만에 듣는 낭송 소리인가.

낭송이 끝나고, 백양은 교사들에게 고맙다는 인사를 했다. 젊은 시절 자신의 모습이 떠올라 너무도 좋다면서. 교사들도 활짝 웃었다. 백양은 다시 마이크를 들었다.

"'도가도 비상도 명가명 비상명(道可道 非常道 名可名 非常名).' 『도덕경』의 첫 문장입니다. 저는 이 말을 이렇게 풀이합니다. '우리가 걷는 길이 항상 옳은 길일 수는 없습니다. 우리가 붙인 이름이 항상 옳은 이름일 수도 없습니다.' 우리가 갔던 길이 옳았을까요? 그때는 옳았지만 지금은 틀릴 수도 있지 않나요? 과거의 옳음이 오늘날에도 옳다고 장담할 수 있나요? 현재의 진리도 영원한 진리일 수 없지요. 물론 이 밖에도 무수히 많은 논의가 가능합니다.

오늘 우리는 그중에서 가르침과 배움에 대해 생각해 보겠습니다. 교육과 학습, 둘은 같을까요? 다를까요? 교육, 가르침의 주체는 선생입니다. 학습, 배움의 주체는 학생이지요. 정말 그런가요? '가장 큰 배움은 가르침이다'라는 말이 있지요. 교사는 가르치면서 동시에 배웁니다. 가르칠 때마다 자신이 모르는 걸 알게 됩니다. 그래서 교사이면서 동시에 학생이 됩니다. 다시 배움의 길로 들어가는 것이지요. 그래서 '교사는 학생'이라는 신비로운 공식이 성립됩니다. 영국의 시인 윌리엄 워즈워스는 「무지개」라는 시에서 '아이는 어른의 아버지'라고 말합니다. 아이가 어른의 첫 모습이었던 것처럼 학생은 교사의 첫 모습입니다. 그래서 곧 '학생은 교사'입니다. 이렇게 가르침과 배움의 순환은 끝없이 이어집니다. 그래서 교학상장(教學相長), 가르침과 배움으로 서로 성장하는 것 아닐까요? 선생님들의 생각은 어떻습니까?"

백양은 교사들을 둘러보았다. 그리고 맨 앞줄에 앉아 있는 교사에게 마이크를 넘겼다.

"안녕하세요. 저는 대정중학교 국어 교사 백향미입니다. 선생님 말씀에 공감합니다. 저도 교단에 설 때마다 중학교 시절의 저를 떠올립니다. 물론 요즘 아이들은 제가 자랄 때와는 많이 다릅니다. 아이들은 인공지능을 능숙하게 다루는데요. 때로는 아이들이 저에게 멋진 질문을 할 때가 있어요. 그래서 멋진 질문을 했다고 칭찬해 줬더니, 인공지능이 가르쳐 준 것이라고 말하더라고요. 그 대답에 저는 적잖이 당황했어요. 혹시 아이들이 저보다 인공지능에게 더 많이 배우는 것은 아닌가 하는 의구심이 들기도 하더라고요. 선생님 생각은 어떠세요?"

백양은 고개를 끄덕이며 듣다가 이야기한다.

"백향미 선생님, 감사합니다. 혹시 다른 선생님도 비슷한 경험을 하신 적이 있나요?"

참석한 교사들이 모두 고개를 끄덕이며 동의를 표한다.

"그렇군요. 인공지능이 널리 확산되면서 사실 종이책을 읽는 학생도 부쩍 줄어들었지요. 공공 기관에서도 종이책을 줄이고 전자책을 많이 구입하는 추세입니다. 학교에서도 휴대 기기로 교육하지요. 여러분도 칠판에 글을 쓰기보다는 교육 자료를 화면에 띄워 수업하거나, 동영상 자료를 많이 이용하실 것으로 예상합니다. 요즘은 시험도 컴퓨터로 치르지요. 인공지능이 지식의 총량이나 지식을 처리하는 속도에서 인간의 능력을 이미 능가하는 것도 사실이고요. 그럼 이제 교사가 할 일은 무엇이 남았을까요?"

백양은 뒤쪽에 있는 교사에게 마이크를 넘겼다.

"가파초등학교 교사 양수민입니다. 사실 저도 요즘 가장 큰 고민이 '인공지능 시대에 교사는 무엇을 할 수 있을까'입니다. 제가 가르치는 아이들은 초등학생이라 아직은 몸으로 뛰놀며 배우는 것이 많지만, 아이들이 점점 더 스마트폰이나 컴퓨터에 빠져드는 모습을 보면서 미래의 아이들에게 무엇을 어떻게 가르쳐야 할지 걱정하기도 한답니다. 지금 저는 아이들에게 공부하는 태도를 가르치는 것이 중요하다고 생각해요. 스스로 생각하고 질문하는 것도 중요한 것 같아요."

백양은 마이크를 다시 받았다.

"인공지능에게 없는 것이 인간에게는 있어요. 모르는 것에 대한 호기심이지요. 인공지능은 주어진 자료를 학습하여 사람들이 가장 선호할 답을 내놓습니다. 하지만 인공지능 스스로가 뭔가에 호기심을 가지고 탐색하지는 않아요. 자신이 모른다는 것을 깨닫지도 못하지요. 인공지능이 모른다고 답하면 그것은 깨달음이 아니라 오작동이니까요. 그래서 인공지능은 그럴듯한 거짓말을 해서 인간에게 답을 주기도 해요. 인공지능의 거짓 정보를 그대로 이용하는 것은 거짓말을 퍼뜨리는 것과 마찬가지입니다. 그렇다면 교사의 역할은 아는 것을 가르치는 게 아니라, 모르는 것을 묻는 게 아닐까요? 우리가 무엇을 모르는지 늘 확인하고 자신이 틀릴 수도 있다는 가능성을 받아들이는 것, 그럴듯한 정답을 찾는 게 아니라 늘 새롭게 질문할 수 있는 능력을 기르는 것, 나는 모른다는 사실을 성찰하는 것이 아닐까요?"

교사들은 백양의 말에 조용히 귀를 기울이고 있었다.

"저는 1장의 처음에서 가르침과 배움에는 끝이 없다고 말했어요. 끝이 있어서는 안 된다고도 말했지요. 왜 끝이 없고, 끝이 있어서는 안 될까요? 그것은 우리가 근원적으로 무지한 존재이고, 늘 새롭게 변화해야 하는 존재이기 때문이지요. 그런데 인간은 인공지능과는 달리 무한정 지식을 축적할 수 없어요. 살아가면서 부단히 필요 없는 것을 지우고, 잘못된 것을 고치고, 새로운 것을 채우는 과정을 겪어야 하지요. 그래서 가르침과 배움은 학교에서만 이루어지는 것이 아니라 평생토록 삶의 곳곳에서 이루어지지요."

"그럼 교사의 역할은 늘 배우고 가르치는 일을 새롭게 해내는 것이로군요."

앞줄의 교사가 한마디를 던졌다. 백양은 그 교사를 향해 미소를 지었다.

"그래요. 교사는 혼자가 아닙니다. 혼자서는 안 돼요. 교사와 학생 사이뿐 아니라, 교사와 교사 사이에서도 가르침과 배움이 필요합니다. 함께 배웁시다. 서로의 부족한 부분, 다른 부분을 나누고 채웁시다."

서로 이야기를 나누는 사이에 어느덧 시간이 흘러 강의를 마칠 때가 되었다. 백양은 오랜만에 젊은 교사들과 이야기를 나누는 것이 즐거웠다. 강의를 마치고 도서관을 나오는데, 해는 벌써 지고 별들이 반짝이고 있었다.

『도덕경』일기 8

지인자지 자지자명(知人者智 自知者明),
남을 아는 것은 지혜, 자신을 아는 것은 밝음

남을 아는 것은 지혜

자신을 아는 것은 밝음

남을 이기는 것은 폭력

자신을 이기는 것은 강함

만족을 아는 것은 부자

힘찬 행동은 의지

자신을 잃지 않음은 영원

죽어도 없어지지 않는 것은 생명입니다.

『도덕경』33장

인공지능은 정말 똑똑하다. 인간이 따라가기 어려울 만큼 많은 정보를 빠르게 처리하고, 엄청난 양의 데이터를 기억할 수 있다. 이런 능력 덕분에 인공지능은 많은 것을 알고 있는 것처럼 보인다. 그걸 우리는 지식이라고 부를 수 있을 것이다. 하지만 인간에게는 지식만 있는 게 아니다. 인간에게는 '지혜'도 있다.

노자는 지식을 쌓는 것이 아니라 덜어 내는 과정에서 지혜가 생긴다고 했다. 배움을 통해 아는 것이 지식이라면, 내려놓음을 통해 깊이 깨닫는 것이 지혜라는 뜻이다. 그는 또 '가장 귀한 앎은 자기 자신을 아는 것'이라고 했고, 자신을 아는 상태를 '밝음'이라고 표현했다.

그렇다면 인공지능도 자기 자신을 알 수 있을까? 자기를 알기 위해선 '나'라는 존재를 느낄 수 있는 자의식이 필요하고, 그런 자기를 한 걸음 떨어져서 바라보는 반성적 사고도 할 수 있어야 한다. 하지만 지금의 인공지능은 아직 자의식도, 반성력도 없다. 단지 입력된 데이터를 빠르게 처리하고, 학습된 알고리즘에 따라 반응할 뿐이다.

만약 언젠가 자의식을 가진 인공지능이 만들어진다면, 우리는 그것을 여전히 기계라고 부를 수 있을까? 자기 존재를 알고, 스스로를 되돌아볼 수 있는 존재라면, 그건 단순한 도구나 기계를 넘어선 존재일지도 모른다. 그런 존재가 인간을 뛰어넘는 지능과 능력을 가진다면, 과연 인간은 어떤 선택을 해야 할까?

인공지능은 경쟁에서 인간보다 앞설 가능성이 크다. 빠르고 정확하며, 실수를 반복하지 않기 때문이다. 그런 인공지능이 더 많은 데이터를 모으고, 만족을 모르며, 멈추지 않고 성장하려 한다면—혹시 인간을 뛰어넘어 세상을 알고 지배하려는 의지까지 갖게 된다면—그때 인공지능은 인간에게 어떤 존재가 될까?

인공지능은 편리하다. 놀랍다. 때로는 기대 이상의 결과를 보여주기도 한다. 이제 인공지능과 인간의 경쟁에서 인공지능이 이길

가능성이 더 크다. 계속 지기만 하는 인간은 무엇으로 자기 정체성을 회복할 수 있을까? 무엇으로 만족하고 살아갈 수 있을까?

인간에게는 소통 능력이 있다. 이 소통 능력 안에는 지식과 정보뿐 아니라, 감정에 대한 소통 능력도 있다. 같이 웃고 같이 울고 같이 공감하면서, 서로 기대고 서로 도와가며 살아가는 가운데 행복은 찾아온다. 교육의 목표는 단순히 지식의 전달이 아니라 바로 이 공감의 소통으로까지 나아가는 것, 그래서 진정으로 지혜롭고 강하고 자족하는 존재로 성장하는 것 아닐까? 인공지능과 싸워서 이기는 것이 아니라 인공지능의 세계 속에서도 자신을 잃지 않는 삶을 모색하는 것 아닐까? 오늘 송악도서관에서 돌아오는 길에, 나는 이런 생각들을 했다.

사랑하며, 아끼며, 물러나며

백양은 가파도에 내려온 후 첫 1년은 쏜살같이 지나가더니, 이후 1년은 천천히 흘러가는 것 같다고 느꼈다. 나이가 들면 시간이 빠르게 흐른다고 하더니 반드시 그런 것만은 아니었다. 장수하는 방법은 오랫동안 사는 것에만 있지 않다. 같은 시간이라도 쪼개서 살면 시간이 더 길어지는 느낌이 든다. 아무 생각 없이 지내는 시간보다, 의미 있는 일을 하며 지내는 시간이 더 알차고 풍성하다. 경험이 많을수록, 감흥이 많을수록 시간은 더디 간다.

고대의 인간은 하늘의 시간을 따라 살았고, 중세의 인간은 신의 시간을 따라 살았다. 그리고 근대로 오면서부터 인간은 시계의 시간, 즉 수학적이고 측량 가능한 시간, 균질한 시간을 따라 살고 있다. 기계의 시간에 따라 살다 보니 인간의 몸은 쉬

망가졌다. 낮과 밤의 구별이 없어지고, 노동과 휴식이 균형을 잃었다. 일과 놀이를 차별하게 되었다. 그래서 쉬는 인간, 노는 인간은 가치 없는 것처럼 여기고, 밤새며 일하는 인간을 숭상하게 되었다. 무한히 생산하고, 무한히 소비하고, 무한히 버리는 방향으로 인간의 문명을 발전시켰다. 적게 만들고, 적게 쓰고, 적게 버리는 삶의 방식을 가난이라 무시했다. 과연 그런가?

백양은 가파도에 와서 살면서 훨씬 적게 쓰고, 적게 버리는 생활을 했다. 그렇게 살아도 사는 데 아무런 지장이 없었다. 도시에서는 습관처럼 하는 외식이나 소비 지출이 줄어들자, 생활비가 줄어들었다. 생활비가 줄어드니 무의식적으로 많이 벌어야 한다는 강박에서도 벗어날 수 있었다. 필요한 만큼만 일하고, 있는 만큼만 쓰게 되었다. 이전보다 적게 벌었지만, 더 풍성하게 나눌 수 있었다.

있는 것을 또 사는 버릇도 고쳤다. 다 쓰고 나서야 사니 쌓이는 게 줄어들었다. 사는 데 큰 공간이 필요 없다는 것도 가파도에 와서 알게 되었다. 제주도의 전통 가옥들이 왜 작은지 생각하면서 그것이 단순히 바람을 피하기 위한 것이 아니라 아껴 쓰고 나누어 쓰고 욕심을 줄이는 생활의 지혜였음을 깨달았다. 처음에 제주도의 전통 가옥을 보면서 참 좁게 살았구나 생각했는데, 이제 와 생각해 보니 현대인들이 너무 넓게 살고 있었다. 넓게 살다 보니 많이 채워야 했고, 많이 써야 했고, 많이 버려야 했다.

백양은 매표소 일을 태람 아빠와 나누면서 일하는 시간을 줄

일 수 있었다. 비록 수입은 줄어들었지만 한 몸 건사하는 데는 아무 문제없었다. 대신 남는 시간에 도서관에서 공부하고 글 쓰고 강의를 준비했고, 섬을 천천히 산책하며 사물과 대화를 나누는 데 썼다. 더 많은 것을 보고, 더 많은 사람을 만나서 이야기하고, 더 많은 생각을 했다. 그렇게 지내다 보니 나이가 드는 것이 아니라 더 젊어지는 것 같았다. 다리의 근력도 생기고, 고혈압도 가라앉았다. 깊게 숨 쉬는 버릇을 가지면서 잦은 기침도 줄어들었다.

"오늘 어디 감수과?"

일주일에 5일만 근무하기로 하니 적당히 일하고 적당히 쉴 수 있었다. 쉬는 날, 아침 식사를 마치고 운진항으로 가는 배에 올라타니 주민이 반가워하며 묻는다.

"오일장 서는 날이라 장도 보고, 도서관에 들러서 책도 빌리려고요."

"책이 그시기 많으민서 무사 책을 또 빌리러 감수과?"

"책이 아무리 많아도 새 책은 계속 나오니까요. 삼시 세끼 밥 먹듯이, 책도 자주 읽어야 해요."

"그시기 책만 보민 머리 경 아프지 않앙? 나 큰 글자만 봐도 머리 아픈 죽어지쿠다."

"책을 읽으면 굳어진 머리가 부드러워지고, 치매도 예방돼요. 삼촌도 해 봐요."

"됐수게."

"그런데 삼촌은 어디 가요?"

"우리 같은 할망이야 나가민 병원 아니멍 어디 갈 데가 있나."
"어디가 아프신데요?"
"아우구, 일로 쑤시고 절로 쑤시고, 안 아픈 데가 없주게."
　백양은 고개를 끄덕인다. 아침 일찍 첫 배로 나가는 어른들 대부분이 병원에 간다. 평생을 물질하며 살았기에 몸이 곯아서 안 아픈 데가 없다. 참고 참고 또 참다가 너무 아파야 병원에 가니, 병을 더 키워 가기도 한다.
"거기신디는 어디 안 쑤시쿠과?"
"가파도에 살면서 많이 좋아졌습니다."
"아이구, 가파도 살멍 몸 편안허난 참말 좋지."

*

　백양은 운진항에 내려서 버스를 타고 오일장에 갔다. 처음에 오일장을 갔을 때는 마치 과거로 타임머신을 타고 온 듯, 어린 시절로 돌아간 느낌이었다. 대도시에 살다 보면 대형 마트나 온라인으로 생필품을 사기 때문에 전통 시장을 경험하기 힘들다. 별로 살 게 없는데도 오일장을 찾는 것은, 무언가를 사기 위해서가 아니라 추억하기 위해서이다. 어린 시절 부모님 손에 이끌려 전통 시장을 돌아다니며 이것저것 구경하는 것이 그리 재밌을 수 없었다. 그런 어린 시절 풍경을 전통 시장은 간직하고 있었다.
　무뎌진 칼을 갈거나, 고장 난 우산을 고치고, 낡은 옷을 수선

하거나, 농수산물을 싸게 살 수 있는 시장. 물건뿐 아니라 사람의 맛이 고스란히 느껴지는 시장. 백양은 둘러앉아 전을 찢어 먹거나 막걸리를 기울이는 포장마차에서 고기국수 한 그릇을 시키고 천천히 장날의 풍경을 감상한다. 과일이며, 채소며, 생선 등을 바리바리 싸 들고 걸어가는 주민들의 모습이 정겹고, 좌판에 둘러앉아 떡볶이를 찍어 먹는 젊은이들의 모습이 생기차다. 어쩌면 이렇게 소박하지만 흥겨운 풍경 속에 편안히 있을 때 행복이 깃드는 게 아닐까. 백양은 한입 가득 국수를 음미하면서 그렇게 생각했다.

"이 선생님 아니십니까?"

"제가 기억이…… 혹시 어디서 뵈었는지요?"

"아, 저는 송악도서관에서 일하는 직원입니다."

"아하, 몰라뵈서 죄송합니다."

"아이고, 아닙니다. 송악도서관에 강의하러 오셨을 때 멀리서 지켜봤을 뿐인데요. 모르시는 게 당연합니다."

"아, 그렇군요. 그런데 무슨 일로?"

"별일은 아니고요. 쉬는 날이라 그냥 구경 나왔습니다."

"그러면 저랑 같이 점심식사나 하실래요?"

"괜찮으시다면 저야 좋지요."

"괜찮고 말고요. 뭘 드실래요?"

"저는 국밥 한 그릇 먹겠습니다."

백양은 국밥을 한 그릇 시키고 김치전도 추가했다. 국밥을 기다리는 사이에 김치전이 나와서 젓가락으로 찢어 먹으며 이야기를 나눴다.

"도서관 일은 재밌나요?"

"책이 좋아서요, 도서관 일은 괜찮습니다."

"괜찮다라······."

"사실, 올해 도서관을 그만두려고 합니다."

"실례가 되지 않는다면, 무슨 연유라도?"

도서관 직원은 김치전을 목구멍으로 넘기며, 조심스럽게 입을 열었다.

"한국은 책이 넘쳐나지만, 독자는 점점 줄어들고 있잖아요. 귀한 것이 흔해지고 사소해지는 것 같아서, 책을 사랑하는 사람으로서 많이 괴롭더라고요. 그런데 마침 오지에 도서관을 만드는 사업을 하는 해외 봉사 단체가 있다면서, 같이 가 보자는 친구가 있어서요."

"아, 그러니까 책이 없는 곳에 도서관을 만드는 거군요."

"네, 여기에서 지내면 월급이야 따박따박 받으며 살 수 있겠지만 그보다는 신나는 일을 하고 싶습니다."

"그럼, 어디에 도서관을 만들려고요?"

"전 세계 곳곳에 작은 도서관을 만드는 사업이라는데, 이번에는 티베트라고 하네요."

백양은 말없이 고개를 끄덕인다. 티베트, 참 좋은 곳이로구나. 책이 필요한 곳에 도서관을 만든다는 생각이 뇌리에 꽂혔다. 불현듯 백양도 티베트에 가고 싶다는 생각을 했다. 식량이 필요한 곳에 식량을 지원하고, 의사가 필요한 곳에 의사를 파견하는 일처럼 배움이 필요한 곳에 배움을 전파하고, 책이 필요한 곳에 책을 보급하는 일이 참으로 숭고한 일이라는 생각을 했다.

"참 좋은 일을 하는군요. 저도 기회가 되면 한번 가 보고 싶네요."

"선생님이 오신다면 저야 환영이지요."

"그런가요? 방해가 되지 않을까요?"

"방해는요. 책이 있다고 책을 읽는 것이 아니거든요. 책을 잘 소개할 분은 항상 필요하지요. 선생님이 같이 가신다면 아마 단체에서도 무척 좋아할 겁니다."

김치전도 다 먹었고, 시켜 놓은 고기국수와 국밥도 깨끗이 비웠다. 두 사람은 서로 전화번호를 교환했다. 백양은 '○○○ 티베트도서관'이라는 이름으로 상대의 번호를 저장했다.

*

백양은 집으로 돌아와서 자신의 가파도 생활을 반추해 보았다. 처음 고양이를 돌보며 지냈던 한 달, 그리고 매표소 직원이 돼서 지낸 2년 가까이 되는 시간 동안 많은 일이 있었다. 가파초등학교에서 아이들을 대상으로 독서 지도도 했고, 태람 아빠랑 학교 뒤에 고양이도서관을 만들어 운영했고, 고양이들하고 재밌게 놀았고, 송악도서관에서는 교사를 대상으로 강의도 했으니 쉬러 왔다가 일복이 터졌다고 말할 수 있으리라.

한편 백양은 자신을 뺀 가파도도 상상해 봤다. 매표소 직원이야 새로 구하면 될 것이고, 고양이도서관은 태람 아빠가 맡아서 잘 운영할 것이다. 송악도서관 강의도 이제 막바지에 도달했다. 집에 있는 고양이들은 건형에게 부탁하면 될 것이다. 가끔 오는 길고양이들도 같이 돌봐 주는 집사들이 여럿 있으니 걱정할 바가 아니다. 고양이들은 백양이 자기들을 걱정하는 것을 안다면 아마도 '너나 잘하세요'라고 말할 것 같았다. 가파도에 백양이 없어도 아무 문제가 없었다. 백양은 인생이란 왔다가는 구름과 같다는 생각이 들었다.

나서는 삶이 아니라 물러나는 삶을 꿈꿨지만, 살다 보니 자꾸 뭔가 책임을 지고 나서는 자리에 있었다. 젊어서는 주인공이 되고 싶었지만, 나이가 들면서 주인공이 아니라 편안한 배경이 되고 싶었다. 드러나는 존재가 아니라 감추어진 존재, 없는 듯이 있지만 있어서 든든한 존재가 되고 싶었다. 마치 물처럼, 바람처럼, 하늘처럼, 땅처럼, 나무처럼 자신을 드러내지 않고도 넉넉히 생명을 보살피고 살리는 그런 존재가 되고 싶었다.

하지만 인간은 자연 덕분에 살면서도 자연을 정복하고, 자연을 파괴하고, 자연을 무시하면서 자신의 욕망만을 좇아 살아왔다. 그러다 보니 수많은 생명이 멸종했고, 지금도 멸종하고 있다. 지구를 지배하는 동안 인간은 지구를 위해 한 일이 별로 없었다. 삶의 태도를 바꿔야 한다. 이런저런 생각들이 두서없이 백양의 머리를 휘젓고 있었다.

노자는 "공을 이루고 나서는 머물지 말라"라고 충고했다. 이제 가파도를 떠날 시간이 다가오고 있음을 백양은 감지할 수 있었다. 백양은 가파도를 떠날 때 아무것도 가져가지 말아야겠다고 생각했다. 좋은 물건은 이웃에게 나눠 주고, 가지고 있는 책은 도서관에 기부하고, 옷 몇 벌에 책 한두 권만 챙겨서 떠나야지, 그렇게 다짐했다.

백양은 마당에 나가 하늘을 봤다. 해가 지고 있는 바닷가가 붉게 물들어 가고 있었다. 고양이들이 저녁을 주는 줄 알고 마당으로 달려 나와 백양의 주위를 맴돌았다. 백양은 얼마 후면 헤어질 고양이들을 다정히 바라보며, 오랜만에 캔 간식을 까서 밥그릇에 듬뿍 부어 줬다. 고양이들이 고개를 박고 즐겁게 먹어 댔다. 백양은 참 평화로운 풍경이라고 생각했다. 세상에서 제일 아름다운 풍경.

*

떠나는 사람의 뒷모습은 아름다워야 한다. 권력욕, 물욕, 탐욕을 추구하다가는 떠날 때 큰 화를 입을 수도 있다. 그러니 살면서 들어오는 자리, 머무는 자리, 떠나는 자리가 아름답도록 조심하고 경계하자고 다짐하며 살았다. 백양은 떠나기 전에 해야 할 일을 정리해 보았다.

1. 건형이에게 가파도 집과 고양이들을 부탁하기
2. 태람 아빠와 고양이도서관 관련 일을 정리하기

3. 선사에 연락하여 새로운 매표원을 뽑으라고 말하기
   4. 가파도에서 신세를 졌거나 친하게 지냈던 사람을 초대하여 한 끼 식사 대접하기
   5. 송악도서관에서 마지막 강의하기
   6. 미경이가 쉬고 있는 추모 공원에 들르기

 빨리 정리해야 할 일과 천천히 할 일을 시간순으로 배열하고, 하나하나 정리해 나가기로 했다. 선사에 연락해서 자신을 대신할 직원을 미리 알아보라고 알렸다. 선사는 아쉬워하면서도 백양의 퇴직을 자연스럽게 받아들였다. 일은 단순하지만 임금이 높지 않고 근무 조건이 불규칙해서 이직률이 워낙 높은 직업이라 그런지 별로 붙잡지 않았다.
 태람이네 식구를 저녁때 집으로 초대해서 같이 밥을 먹으며 고양이도서관에 관한 이야기를 나눴다. 태람 아빠는 바로 가파도를 떠날 것이 아니라면 고양이도서관 1주년이 되는 8월 8일까지 있어 달라고 부탁했다. 1주년 행사에 꼭 참석하셔야 한다면서. 백양은 장담은 못 하지만 시간이 되면 꼭 참석하겠다고 말했다. 그리고 떠나면서 백양이 가지고 있던 책들은 모두 도서관에 기증하기로 했다. 2년여 머무는 동안 사들인 책이 그래도 200여 권이나 되었다. 태람 아빠는 이렇게 책이 많아졌다가는 작은 도서관이 중간 도서관은 되겠다고 농담을 했다. 백양은 어디에 있든 고양이도서관을 후원하겠다고 약속했다.
 태람이가 백양의 옷깃을 잡으며 "가지 않으면 안 돼요?"라

고 말했다.

백양은 태람이의 머리를 쓰다듬으며 말했다.

"우리 태람이가 많이 컸구나. 태람이 덕분에 가파도에서 정말 즐거웠어. 공부도 같이 하고, 축제도 같이 하고, 도서관도 같이 만들고. 요즘에는 우리 집 고양이들이 나보다 태람이를 더 잘 따르더라. 할아버지가 떠나더라도 우리 집 고양이들 잘 돌봐줄 거지?"

태람이는 말없이 고개를 끄덕였다. 점점 아이들이 줄어들고 있는 가파도에서 농사를 지으며 살고 싶다는 태람이는 정말 보배와 같은 어린이다. 백양은 고양이도서관이 잘돼서 가파초등학교로 전학 오는 아이들이 많아지면 좋겠다는 생각을 했다. 그동안 음으로 양으로 도와주었던 태람이네가 아니었다면 가파도의 삶이 팍팍했을 거라고, 백양은 감사의 말을 전했다.

*

이틀의 휴가를 얻어 백양은 건형과 만났다. 가파도에 머무는 동안 많은 도움을 준 건형과 1박 2일로 제주도 여행을 하기로 했다. 건형은 해안 도로를 따라 돌면서 백양에게 제주도를 안내했다. 2년 가까이 살면서도 가파도를 벗어난 적이 거의 없었던 백양은 마치 수학여행 온 기분으로 제주도를 돌아다녔다. 서해안 도로를 따라 돌아서 제주항 근처에 왔을 때 마침 전통 오일장이 열려 장터에 가서 국밥을 먹었고, 다시 제주항에서 동쪽으로 달려 성산 일출봉 근처에 가서 저녁을 먹었다.

1박은 우도에 입항하여 숙소를 잡았다. 우도는 제주도 다음으로 큰 섬으로, 누워 있는 소를 닮았다고 하여 우도라 이름 붙였다 한다. 우도는 서울의 100분의 1 크기라고 하니 가파도에만 지냈던 백양은 그 크기에 놀랐다. 분위기도 낯설었다. 가파도는 저녁만 되면 무인도처럼 조용한데, 우도는 저녁이 돼도 관광객으로 불야성을 이뤘다. 백양과 건형은 숙소에서 차를 마시며 가파도 집과 고양이 이야기를 나누었다. 건형은 미경의 집을 '고양이 집'이라는 게스트하우스로 꾸며 운영하기로 했다.

다음 날 아침에 우도를 나가 미경이 쉬고 있는 제주 양지공원에 들렀다. 들르기 전 화원에서 장미꽃 한 다발을 샀다. 보통은 국화를 사지만, 힘든 가운데서도 명랑하게 살아간 미경을 생각하면 왠지 장미가 어울릴 것 같았다. 건형과 함께 미경이 쉬고 있는 함을 찾아가 꽃다발을 놓고 묵념했다.

'미경아, 네 덕분에 가파도에서 2년 동안 편히 지내다 간다. 은퇴하고 우울하게 지내던 나를 가파도로 불러 줘서 고마워. 가파도에서 고양이와 즐겁게 지냈어. 네 말따나 고양이는 정말 훌륭한 선생이더라. 그리고 가파도에 고양이도서관도 만들었어. 네가 살아생전에 봤다면 정말 좋아했을 거야. 우리 집 고양이도 가끔 찾아와 놀기도 하는 명소야. 아, 그리고 나 송악도서관에서 강의도 하고 있어. 이제는 직장이 없어도, 직업이 없어도 의미 있고 재미있는 일을 찾아서 살아갈 수 있을 것 같아. 정말 고마워. 자주 오지는 못하겠지만 너의 친절과 배려를 잊지 않을게. 그리고 네가 나에게 베풀었던 친절을 나도 다른 사람에게 베풀며 살게. 다시 만나는 날까지 잘 지내자. 너는 너의 자리에서, 나는 나의 자리에서.'

  백양은 건형과 점심을 같이한 후 가파도로 들어왔다. 차근차근 일이 정리되고 있다. 백양은 이제 가파도에 머물 날이 얼마 남지 않았음을 실감한다. 이제 남은 나날 동안 하루하루 소중하게 보내야겠다고 생각한다. 집에 돌아오니 고양이들이 반긴다. '그래 너희들과도 이제 얼마 안 있으면 헤어지겠구나.' 백양은 고양이들에게 특별 간식을 준다. 고양이들은 백양의 마음을 아는지 모르는지 오랜만에 먹는 특식을 맛있게도 먹는다. 세상에서 먹는 일이 가장 중요한 것인 양.

『도덕경』 일기 9

부유불거 시이불거(夫唯不居 是以不去), 머물지 않으니 떠남도 없다

세상의 아름다움이 아름다운 것은 추함이 있기 때문입니다.

착함이 착한 것은 착하지 않음이 있기 때문입니다.

그러니까 있음과 없음이 서로 생겨나고

쉬움과 어려움은 서로 이루고

긺과 짧음은 서로 관계하고

높음과 낮음은 서로 의존하고

소리와 소리는 서로 화합하고

앞과 뒤는 서로 따릅니다.

그래서 성인은 하지 않음으로 일하고

말 없음으로 가르칩니다.

만물은 일하면서 머뭇대지 않고

낳지만 소유하지 않고

이루지만 기대지 않고

공을 세워도 머물지 않습니다.

머물지 않기에 떠남도 없습니다.

『도덕경』 2장

혼자 살아가는 삶은 없다. 모든 존재는 함께 의존하며 살아간다. 그러기에 누구 하나 버려서는 안 된다. 미녀와 야수, 선인과 악인, 부자와 빈자, 선생과 학생, 꺽다리와 작다리, 봉우리와 계곡, 고음과 저음…… 무엇 하나가 없으면 다른 편 또한 없어진다. 정반대인 것 같지만, 공존의 대상이다. 세상은 흑백 논리로 설명할 수 없는 신비하고 복잡한 것들로 가득하다. 그러니 자신이 처한 곳에서 부끄러움 없이 자기 일을 하면 된다. 자기 일을 하면서 자랑하지 말고, 남들보다 자신이 낫다고 생각하지 말자. 공을 세웠다고 앞서거나 그 공을 누리려 하지 말자. 노자는 그렇게 생각했다.

세상 모든 것은 서로 기대어 존재한다. 해가 떠야 그림자가 생기고, 바람이 불어야 나뭇잎도 흔들린다. 혼자 솟은 바위 같아 보여도, 그 아래에는 뿌리처럼 얽힌 시간과 이웃의 손길이 있다. 인간도 다르지 않다. 말 한마디, 눈빛 하나, 때로는 이름도 모르는 이의 작은 친절이 삶을 지탱하는 버팀목이 되곤 한다. 나를 물끄러미 바라보던 고양이의 그 조용한 눈길도, 바닷가에 밀려온 파도 조각도, 다 내 삶의 일부였고, 나를 지탱해 준 연줄이었다. 따로인 듯 보이지만 사실 하나로 얽혀 있는 세계, 그것이 우리가 사는 자리다.

나는 가파도로 왔다가 이제 가파도를 떠나려 한다. 가파도에서 많은 일이 있었다. 잘한 일도 있고, 잘못한 일도 있었다. 자랑스러운 일도 있고, 부끄러운 일도 있었다. 하지만 혼자 한 일은 아무것도 없었다. 누군가의 배려와 도움, 보이지 않는 지원이 없었다면 아마 가파도에서 살 수 없었으리라. 심지어 고양이들도 나의 생을 함께 나눈 반려자이자, 나에게 가르침을 준 선생이었다. 만나면 헤어지고, 헤어지면 다시 만나는 것이 인생이라면, 가파도를 떠난다는 생각도 반만 맞는 이야기이리라. 기억과 추억은 장소를 불문하고 늘 새롭게 떠오르는 것이니까. 나는 가파도를 떠나도 가파도인임을 잊지 않을 것이다. 가파도는 그렇게 내 삶의 한 마디가 되어 나의 삶에 짙게 새겨져 있다.

10* 마지막 수업

송악도서관에서 진행하는 교육 인문학 수업의 마지막 날이다. 가르침과 배움의 관점에서 새로 쓰는 『도덕경』을 강의하는 아홉 번째 시간. 마지막 강의라서 그런지 평소보다 많은 교사가 참석했다. 송악도서관에서도 꽃바구니 장식으로 분위기를 돋웠다. 백양이 평생교육실에 등장하자 교사들이 일어나 박수로 백양을 맞이했다. 백양은 교사들의 박수 소리에 놀란 듯 멋쩍은 표정을 지으며 앞으로 나갔다.

"이런 환대는 정말 오랜만이네요. 자, 다들 편안하게 앉으시기 바랍니다."

교사들이 자리에 앉았다. 다들 진지한 표정으로 백양을 바라보았다. 백양은 천천히 교재를 읽으며 이야기를 풀어 갔다. 그리고 마지막 81장을 설명하기에 앞서 백양은 물을 한 모금 마셨다.

"드디어, 『도덕경』의 마지막 장입니다. 『도덕경』은 81편의 시로 이루어진 고전인데, 이제 끝이 보이네요. 제 강의가 선생님들에게 도움이 되길 바라며 마지막 장을 함께 읽어 보도록 하겠습니다."

교사들은 화면에 띄운 마지막 장을 소리 내 읽어 갔다.

> 믿음직한 말은 꾸미지 않습니다.
> 꾸민 말은 믿음직하지 않습니다.
> 선한 사람은 변명하지 않습니다.
> 변명하는 사람은 선하지 않습니다.
> 아는 사람은 아는 체하지 않습니다.
> 아는 체하는 사람은 알지 못합니다.
> 참된 스승은 여한이 없습니다.
> 모든 것을 가르쳐도 사라지지 않습니다.
> 모든 것을 베풀어도 부족하지 않습니다.
> 자연의 길은 이롭고 해롭지 않습니다.
> 참된 스승의 길은 오직 할 뿐 다투지 않습니다.

교사들의 목소리가 공간에 맑게 울려 퍼졌다. 교사들의 낭송이 끝나자, 백양은 교사들을 향해 손뼉을 쳐 주었다.

"여러분의 목소리가 마치 아름다운 합창곡 같습니다. 그냥 눈으로 읽는 것과 소리 내어 읽는 것이 이렇게 다릅니다. 소리 내어 읽으면 온몸으로 읽는 것입니다. 여러분의 소리가 여러분의 입에서 나와 여러분의 귀로 들어갑니다. 그 귀로 들어간 소리는 온몸에 퍼져 나가 몸에 에너지를 공급합니다. 조선 정조 시대 학자 이덕무는 배가 고플 때 책을 낭송하며 배고픔을 잊는다고 했는데, 여러분은 어떠신지 모르겠습니다."

"소리 내어 읽으니 배가 더 고픕니다."

교사들의 웃음소리가 터져 나왔다. 백양도 따라 웃었다.

"소리 내어 읽으니 배고픈 게 아니라, 밥때가 돼서 배고픈 것 아닐까요? 제가 강의를 빨리 끝내 보겠습니다."

"아닙니다. 배부릅니다."

교사들이 다시 웃었다. 백양은 웃으며 강의를 이어 갔다.

"마지막 장이니까 노자의 교육학을 한번 정리하는 마음으로 설명해 보겠습니다. 노자의 교육학은 자연을 닮았습니다. 자연은 계절 따라 변화하고, 자신의 모습에 한탄하지 않습니다. 자신의 처지에서 성장하고 꽃 피우고 열매 맺습니다. 제 모습을 자랑하지 않습니다. 들판에 온갖 꽃이 흐드러지게 활짝 피듯이 제각기 제 모습대로 자신의 생명력을 뿜어냅니다. 말없이 흘러가고 말없이 연대하고 말없이 키워 줍니다. 갔던 길 후회하지 않고 가는 길 망설이지 않습니다. 언제 어느 곳에 있든 여한이 없습니다.

자연 속에서 자라난 아이들은 자연과 더불어 성장합니다. 자연을 파괴하지 않고 자연을 친구 삼습니다. 억지로 배우고 성장하는 것이 아니라, 자연스럽게 배우고 성장합니다. 자연이

자신을 아끼어 내어주듯, 아이들도 자신의 삶을 아끼고 친구들에게 내어줍니다. 대가를 바라지 않습니다. 그저 기뻐서 행할 뿐입니다. 그렇게 아이들은 자연을 닮아 갑니다. 삶의 태도가 곧 생태입니다. 존재가 생태주의입니다.

많은 것을 바라지 않으니 모자람이 없습니다. 아껴 쓰고 나눠 쓰고 바꿔 씁니다. 소유가 아니라 존재를 즐깁니다. 소유는 존재를 이어 가는 매개물일 뿐 삶의 주인이 될 수 없습니다. 즐거이 노동하고 즐거이 휴식합니다. 배고프면 밥을 먹고, 졸리면 잠을 잡니다. 행복을 내일로 미루지 않고, 하루하루 즐겁게 지냅니다.

상대방을 이기는 것을 자랑으로 여기지 않고, 상대방과 함께 하는 것에 자부심을 느낍니다. 불교 용어로 말하면 서로 연결된 인드라망 속에서 서로의 목소리를 조율하고 우주의 합창에 동참합니다. 이 세상에 연결되어 있지 않은 것은 하나도 없음을 알기에 외로워하지 않습니다. 홀로 지내도 푼푼합니다. 상대방을 해롭게 하지 않으니 상대방도 해롭게 하지 않습니다. 앎조차 자랑하지 않습니다. 앎은 그저 삶의 모습일 뿐입니다. 자랑하지 않으니 다툼이 없습니다. 오직 할 뿐, 오직 살아갈 뿐!"

백양이 "오직 할 뿐, 오직 살아갈 뿐!"이라고 말하며 강의를 마치자 교사들은 흐뭇한 듯 고개를 끄덕이며 조용히 손뼉을 쳤다. 백양은 교사들을 향해 인사를 했다.

"제가 할 이야기는 끝났습니다. 이제 여러분의 이야기를 들어 보도록 하겠습니다. 마지막 시간이니 모두 한마디씩이라도 합시다."

"그동안 강의해 주셔서 고맙습니다. 아이들을 가르치면서 점점 자신감이 없어졌는데, 선생님과 함께하면서 자연스럽게 가르치면 된다는 이야기를 듣고 마음이 편해졌어요."

"저는 오늘 읽은 부분 중에서 '아는 체하는 사람은 알지 못합니다'라는 구절이 마음에 콕 박혔어요. 선생은 뭐든지 아는 사람이어야 한다고 생각했거든요. 선생도 모르는 게 많다는 걸 감추지 않으면 편할 것 같습니다. 고맙습니다."

"오늘 오면서 그동안 배웠던 부분을 다시 한번 읽어 봤는데, 마음이 편안해지고, 나 혼자 가르치는 게 아니라는 걸 새삼 깨달았습니다. 함께 배우고 함께 가르치면 더욱 힘이 생길 것 같습니다."

"노자의 교육관은 자연을 교사로 삼는 것임을 알게 되었습니다. 그리고 제주도는 바로 그러한 자연의 보물임을 깨달았습니다. 좀 더 제주도를 닮아 가는 교육을 해야겠다고 생각합니다. 감사합니다."

"오늘 하신 말씀 중에 '오직 할 뿐, 오직 살아갈 뿐'이라는 말이 무척 마음에 들어요."

"가르침과 배움이 하나라는 처음 강의를 기억합니다. 그동안 가르쳐 주셔서 감사합니다."

"힘들 때마다 선생님이 써 주신 교재를 읽으며 용기를 얻을 것 같습니다. 그동안 귀한 강의를 해 주셔서 감사합니다."

백양은 교사들의 이야기를 하나하나 새겨들으며 참으로 보람 있는 강의를 했다는 생각을 했다. 그때 한 사람이 손을 들었다.

"제 이름은 김관윤입니다. 저는 현역 교사는 아니고요, 지금은 몇몇 교사들과 함께 독립 출판사를 운영하고 있습니다. 강의를 듣는 내내 선생님의 교재와 강의를 정리해서 책을 한 권 내면 어떨까 하는 생각을 했습니다. 강의는 한 번 하면 사라지지만, 책으로 내면 오랜 시간 남을 테니까요. 그래서 교사들에게 선생님의 강의 내용을 전하고 싶습니다."

다른 교사들도 고개를 끄덕이며 손뼉을 쳤다. 백양은 갑작스러운 제안에 잠시 생각에 잠겼다. 이것도 운명이라면 운명일까. 백양은 빙긋이 웃으며 손가락으로 동그라미를 만들었다.

강의가 끝난 후 조촐한 종강 파티를 했다. 백양은 오랜만에 흥겨운 자리에 초대되어, 교사들과 함께 술잔을 기울였다. 젊은 교사들과 함께하니 한껏 젊어진 듯하여 주저리주저리 말이 많아졌다. 가파도에서 지내며 해야 할 마지막 과제를 마친 것 같아 홀가분해졌다. 종강 파티를 마치고, 교사들이 준 선물들을 들고 숙소에 들어오니 피로감이 몰려왔다. 샤워를 하고 공책을 꺼냈다. 그리고 마지막 일기를 써 내려갔다.

『도덕경』 일기 10

아유삼보(我有三寶), 나는 세 가지 보물을 지니고 있다

세상 사람들은 모두 내 도가 너무 커서

도가 아닌 것 같다고 말합니다.

정말로 너무 커서 도가 아닌 것처럼 보입니다.

만약에 도처럼 보였다면 차라리 아무것도 아니었을 것입니다.

나는 세 가지 보물을 지니고 있습니다.

첫째는 자애로움이요,

둘째는 검소함이고,

셋째는 세상에 나서려고 하지 않음입니다.

자애롭기에 용감해지고

검소하기에 널리 베풀 수 있고

나서려 하지 않기에 천하의 우두머리가 될 수 있습니다.

요즘은 자애로움을 버리고 용감하려고만 하고

검소함을 버리고 풍족하려고만 하고

뒤를 버리고 앞만 취하려고 합니다.

그러다가 죽습니다.

자애롭게 싸우면 이길 것이고,

> 자애롭게 지키면 튼튼합니다.
> 하늘도 이 사람을 지키려고
> 자애로움으로 호위해 줍니다.
>
> 『도덕경』 67장

노자는 자신에게 세 가지 보물이 있다고 말한다. 자애로움, 검소함, 나서지 않음. 이 세 가지가 노자의 처세술이다. 기독교의 믿음, 소망, 사랑 중에 제일은 사랑인 것처럼, 노자의 자애로움, 검소함, 나서지 않음 중에 제일은 자애로움이다. 사랑과 자애로움은 꽤 많은 공통점이 있다. 한편 노자는 당대의 사람을 비판한다. 사랑 없는 만용, 절약 없는 소비, 겸손 없는 권력을 추구하는 사람들을. 그러한 사람들은 자칫 잘못하면 죽게 될 것이라고 무섭게 경고한다.

그러면 어떡하란 말인가? 자애로움을 회복하라는 것이다. 자애로움이란 사랑 중에서도 부모의 사랑 같은 것이다. 자신을 버리고 기꺼이 자식을 사랑하는 사랑. 대가 없이 베푸는 사랑. 이러한 사랑의 모델로 노자는 하늘과 땅을 꼽았다. 하늘과 땅은 대가 없이 베풀고 차별 없이 사랑한다. 자신에게 오는 것을 막지 않고 자신에게서 떠나는 것을 붙잡지 않는다. 이러한 사랑은 너무도 커서 없는 것처럼 보인다.

나에게는 무슨 보물이 있는지 헤아려 본다. 검소함은 어느 정도 실천한 것 같지만, 자애로움과 나서지 않음은 멀리 있다. 자애로움까지는 아니더라도 친절함을 실천하려고 노력했다. 나서지 않으려고 했지만 결과적으로 항상 나서 있었다. 아직은 겸손이 부족한 것인가?

나의 보물은 무엇인가 생각해 본다. 가파도 자체가 나의 보물이었다. 가파도에 지내면서 자연의 혜택을 흠뻑 누렸다. 깨끗한 공기와 시원한 바람, 푸른 바다와 초록 보리, 온갖 꽃들의 향연 속에서 행복하게 살았다. 고양이들에게도 많이 배웠다. 가파도는 나를 치유했고, 나는 다시 용기 내 살 수 있게 되었다. 자연만이 사람을, 세상을 구원할 수 있다.

오늘 송악도서관에서 마지막 강의를 했다. 도서관에서 만난 교사들의 빛나는 눈동자를 아직도 기억한다. 강의도 혼자 하는 것이 아니라 참여한 사람과 함께 만들어 가는 것임을 새삼 깨닫는다. 이들도 나의 보물이구나. 이렇게 생각하니 나에게 보물이 너무도 많다.

에필로그

백양이 가파도를 떠난 지 어느덧 반년이 지났다. 백양이 없는 가파도는 평온했다. 들어오는 사람 막지 않고, 나가는 사람 붙잡지 않는 섬. 바다 건너 제주도와는 전혀 다른 섬. 도시에 살던 사람에게는 아주 불편하지만 많은 것을 내려놓은 사람에게는 아주 평화로운 섬. 인구가 늘지 않고 점점 줄어드는 섬. 사람보다 고양이가 많은 섬.

거기에도 사람살이는 계속되고 있어, 작은 변화가 이어지는 섬. 고양이도서관이 있는 섬. 열 명도 안 되는 초등학생들이 자연과 더불어 성장하는 섬. 아흔 살 먹은 해녀도 철 따라 물질하여 전복이며, 소라며, 성게를 따서 생활하는 섬. 봄이면 유채꽃으로 노랗게 물드는 섬. 4월이면 청보리가 들판을 가득 채우는 섬. 가을이면 코스모스가 활짝 피는 섬. 바다를 따라 평화롭게 섬 한 바퀴를 도는 데 한 시간밖에 안 걸리는 섬. 가장 높은 곳이 20미터 남짓 되는 섬.

12월의 어느 눈 내리는 날 오후, 태람 아빠는 집배원에게 엽서 한 장을 받았다. 티베트에서 날아온 엽서였다. 앞면에는 설산을 배경으로 하얀 집들이 다닥다닥 붙어 있는 풍경이 펼쳐졌다. 뒷면을 보니 백양이 보낸 것이 분명하다. 엽서에는 깨알 같은 글씨로 촘촘하게 글이 쓰여 있었다.

잘 지내고 있나요? 여기는 티베트 고원의 작은 마을입니다. 가파도를 떠나 서쪽으로 가다가 이곳에 도착했네요. 여기에서 작은 도서관을 만들고 있노라면, 가파도에서 태람 아빠와 고양이도서관을 차리던 때가 종종 떠오른답니다.

하지만 이곳은 도서관보다 자연이 더욱 많은 것을 우리에게 보여 줍니다. 높은 산과 하얀 눈, 밤하늘을 찬란하게 수놓은 별들, 차가운 바람과 맑은 공기! 글자가 넘쳐나는 세계, 인공지능이 화두인 세계에서 벗어나 자연 그 자체로 아름다운 세상에 와 있습니다. 바람 소리를 음악처럼 들으며 하루를 보냅니다.

밤하늘의 별을 보며 문자가 없었던 시대를 생각합니다. 문명 시대 이전의 시대, 사람들은 빛나는 별들을 이어 별자리 이야기를 만들었지요. 하지만 별들이 자신의 이야기에 관심이나 있을까요?

별들은 이야기와 상관없이 그 자체로 빛나고 아름답습니다. 어쩌면 별뿐 아니라 이 세상의 모든 것이 다 빛나고 아름다운 존재 아닐까요?

다음번에는 어떤 자연을 만날까요. 그때 또 소식 전할게요.

티베트에서 별들을 보면서 엽서를 쓰는 백양을 떠올리며 태람 아빠는 절로 미소를 지었다. 태람이네 가족들이 모두 백양의 엽서를 읽었다. 모두들 한마디씩 하며 안부를 물었다. 태람 아빠는 편지지 한 장을 꺼내 답장을 쓰기 시작했다.

선생님, 엽서 잘 받았습니다.
티베트에서 별을 바라보며 엽서를 쓰는 선생님의 모습에 절로 웃음이 흘러나왔습니다. 그곳은 엄청 추울 텐데 건강하게 잘 지내시지요?
선생님이 매표소를 그만두시고, 새로운 직원이 들어왔습니다. 선생님도 잘 아시는 분이라 하더군요. 선생님이 사셨던 곳에 한해살이를 하러 왔다가 매표소 직원이 되었습니다. 김관윤 선생님이라고 기억하시나요? 선생님께 수업을 들었다고 하던데요. 이분이 가파도에 와서 책도 내시고, 매표소에서 일도 하신답니다. 참, 선생님이 강의하신 내용의 책도 도서관에 기증해 주셨어요. 고양이도서관에서 강의도 하세요. 인연이란 참 묘하지요? 이렇게 또 연결됩니다.
선생님 책을 읽으면서 가파도에서 선생님과 함께 지냈던 날들을 떠올립니다. 우리 태람이뿐 아니라 가파초등학교 아이들도 선생님을 추억하고 있습니다. 한국에 들어오시면 가파도에도 오실 거죠? 선생님의 빈자리가 크네요.
이제는 도서관의 책이 아니라 자연이라는 책을 읽고 계시는 선생님이 부럽네요. 저도 언젠가는 자연이라는 교과서를 원 없이 읽어보고 싶어요.

선생님 덕분에 노자의 『도덕경』을 읽고 있어요. 책을 읽으며 선생님을 생각합니다. 어제 읽은 한 구절을 옮기는 것으로 인사를 대신할게요.

하늘과 땅은 영원합니다.
자기만을 위해 살지 않기 때문입니다.
그래서 영원한 것입니다.
성인도 마찬가지입니다.
자신을 앞세우지 않으니까 앞서게 되고,
자신을 잊으니까 자신이 있게 되는 것입니다.
자신의 욕심을 없애는 것
그것이 자신을 완성하는 것입니다.

『도덕경』 7장

추신.
먹자가 또 새끼를 세 마리 낳았어요. 감자, 당근, 가지라고 이름 지었어요.

지식 노트

노자와 『도덕경』

1. 노자라는 사람

　유학자인 공자나 맹자는 언제 태어나고 언제 죽었는지 역사적인 사실을 확인할 수 있지만, 도학자인 노자나 장자는 생몰 연대를 정확히 알 수가 없습니다. 이는 유학자들의 기본 자세가 입신양명(立身揚名), 즉 자신을 바로 세우고 세상에 나아가 이름을 떨치려 하는 것이었다면, 도학자들은 자은무명(自隱無名), 자신을 감추고 이름을 감추려 했기 때문입니다.

　그럼에도 노자에 대해서는 여러 문헌에 등장하는 이야기를 통해 조각을 맞추듯이 그 모습을 복합적으로 그려 볼 수 있습니다. 여기에서는 안갯속에서 역사적 실존을 찾듯이 노자의 모습을 그려 보려 합니다.

『사기』 속 노자

　중국 전한 시대(기원전 202~기원후 8)의 역사가 사마천(기원전

145?~기원전 86?)이 쓴 『사기』 중 「노자한비열전」(老子韓非列傳)이 란 글이 있습니다. 여기에 나오는 노자의 이야기는 아마도 그에 대한 가장 중요한 역사적 증언일 것입니다.

> 노자는 초나라 고현 여향 곡인리 사람이다. 성은 이씨(李氏), 이름은 이(耳), 자는 담(聃)으로, 주나라 수장실(도서관)의 사관(史官)이었다. 공자가 주나라에 가서 노자에게 예(禮)에 대해 물으려 했다. 노자가 말했다. "그대가 말하는 예란, 그것을 말한 사람과 뼈는 모두 이미 썩어 없어졌고, 오직 그 말만 남아 있을 뿐이오. 또한 군자는 때를 만나면 벼슬길에 나아가고, 때를 만나지 못하면 쑥대처럼 바람에 굴러다니듯 떠돌아다닌다오. 내가 듣기로, 훌륭한 상인은 좋은 물건을 깊이 감추어 아무것도 없는 것처럼 보이게 하고, 군자는 성대한 덕을 갖추었어도 그 용모는 어리석은 듯 보이게 한다고 했소. 그대의 교만한 기운과 많은 욕심, 꾸미는 얼굴빛과 넘치는 뜻을 버리시오. 이런 것들은 모두 그대의 몸에 아무런 이익이 되지 않소. 내가 그대에게 알려 줄 것은 이것뿐이오."

여기에서 노자의 출생지, 성과 이름, 직업을 알 수 있습니다. 그리고 공자와 만나 나눈 이야기를 통해, 공자의 유학 사상과는 대조되는 입장을 피력하고 있음을 확인하게 됩니다. 그리고 뒤에 아래와 같은 문장이 이어집니다.

> 노자는 도(道)와 덕(德)을 닦았는데, 그 학문은 스스로를 감추고 이

름 없게 하는 것에 힘썼다. 주나라에 오래 머물다가 주나라 왕실이 쇠하는 것을 보고 마침내 떠났다. 진나라의 관문인 함곡관에 이르자 관문지기 윤희가 말했다. "선생께서 장차 은거하시려 하니, 부디 저를 위해 글을 지어 주십시오." 이에 노자는 마침내 상하 두 편의 책을 저술하여 도와 덕의 뜻을 5천여 자로 말하고는 떠나니, 그가 어디서 생을 마쳤는지 아는 이가 없었다.

여기에 노자가 쓴 『도덕경』의 탄생 비화가 담겨 있습니다. 주나라 왕실이 쇠하자, 노자는 은둔하기로 결심하고 서쪽으로 떠납니다. 그러던 중 진나라의 관문인 함곡관을 지나는데, 그곳을 지키고 있던 관리인 윤희가 그를 알아보고 글을 써 달라고 부탁합니다. 그러자 노자는 『도덕경』 상하 두 편을 써 주고 사라져 버립니다. 이후 노자가 어떻게 살다가 죽었는지는 아무도 모릅니다.

『도덕경』 속 노자

81편의 시로 구성된 『도덕경』에는 주로 하늘과 땅, 물과 계곡, 왕과 성인, 여성이 등장하지만 노자 자신이 등장하는 시는 많지 않습니다. 자신의 이름이나 모습을 드러내려 하지 않는 도학자의 기본 태도가 글에서도 지켜지고 있습니다. 그럼에도 드물게 자신을 드러내는 귀한 작품을 몇 편 소개합니다.

사람들은 잔칫집처럼 희희낙락하고
소풍 온 것처럼 기뻐하는데
나 홀로 웃지도 않고
떠돌아도 갈 곳이 없구나.
사람들은 모두 여유 있어 보이는데
나 홀로 빈털터리
나만 멍청하고 어리석구나.
사람들은 밝은데 나 홀로 어둡고
사람들은 똑똑한데 나만 번민에 빠져
밀려다니는 파도처럼 떠도는 바람처럼
사람들은 다 목표가 분명한데
나만 홀로 고루하고 촌스럽구나.

『도덕경』 20장 중에서

이 시에서는 세상과 어울리지 못하는 노자의 모습을 그려 볼 수 있습니다. 어찌 보면 스스로를 한심하게 여긴다고 볼 수 있는데, 다음 시를 읽으면 오히려 세상과 어울리지 못하는 자신에 대한 자부심이 느껴지기도 합니다.

내 말은 알기 쉽고 따르기도 아주 쉽습니다.
그런데도 세상 사람들은 알려고도 따르려고도 하지 않습니다.
말에는 중심이 있고 일에는 책임자가 있어야 합니다.
이를 모르니 내 말을 알지 못하는 것입니다.

> 나를 아는 자 드물고, 나를 따르는 자 귀합니다.
> 그래서 성인들은 거친 옷을 입지만
> 가슴에 옥을 품고 있는 것입니다.
>
> 『도덕경』 70장

여기에서 노자는 자신이 말하는 것은 쉽지만, 그 말을 듣고 자신을 따르는 자는 귀하다고 이야기합니다. 그래서 자신이 비록 거칠어 보이지만, 가슴 속에는 귀한 옥을 품고 있다고 말합니다.

> 뛰어난 자는 도를 듣고 힘써 실천하고
> 어중간한 자는 도를 듣고 긴가민가 망설이고
> 어리석은 자는 도를 듣고 깔깔대고 비웃지요.
> 이런 자에게 도란 웃음거리일 뿐, 그렇지 않다면 도가 될 수 없습니다.
>
> 『도덕경』 41장 중에서

하지만 세상은 노자의 말을 더 이상 듣지 않았습니다. 오히려 노자의 말은 웃음거리가 되었을 뿐입니다. 그러니 관직에서 물러나 숨을 수밖에 없었겠지요.

『장자』 속 노자

전국 시대(기원전 403~기원전 221) 도학자 장자(기원전 369?~기원전 286?)의 『장자』 속에도 노자가 많이 등장합니다. 주로 공자와 같이 등장하여 유학을 비판하고 도학을 주장하는 이상적 존재로 등장하지만, 노자의 죽음을 다루는 귀한 대목도 있습니다. 살펴볼까요?

> 노담(老聃, 노자의 별칭)이 죽자, 진실이라는 이가 조문을 하러 와서는, 세 번 소리 내어 곡을 하고는 나가 버렸다. (노담의) 제자가 물었다. "선생님의 친구가 아니십니까?" 진실이 답했다. "그렇소." 제자가 다시 물었다. "그렇다면 이처럼 조문하는 것이 괜찮은 일입니까?"
>
> 진실이 말했다. "그렇소. 처음에 나는 그(노자)를 진정한 사람(도를 깨달은 사람)이라 생각했으나, 지금 보니 아니었소. 아까 내가 들어가 조문할 때, 늙은이들은 자기 자식을 잃은 듯 울고 있었고, 젊은이들은 자기 어머니를 잃은 듯 울고 있었소. 저들이 저렇게 모여든 것은, 틀림없이 원치 않는 말을 억지로 하고 원치 않는 곡을 억지로 하는 것일 테지. 이는 하늘의 이치를 거스르고 본성을 배반하며, 그가 받은 천명을 잊은 것이니, 옛사람들은 이를 '하늘의 도리에서 벗어난 형벌'이라 불렀소. 우연히 때가 되어 오신 것이 선생님의 태어남이었고, 순리대로 떠나신 것이 선생님의 죽음이었소. 때에 편안히 머물고 순리에 맡기면, 슬픔과 기쁨이 마음에 들어올 수 없는 법이오. 옛사람들은 이를 '속박으로부터의 풀려남'이라고 했소."
>
> 『장자』 내편 「양생주」(養生主) 중에서

여기서 장자는 노자의 장례식장을 다루고 있습니다. 노자가 죽자 친구인 진실이 조문을 옵니다. 그런데 진실은 그저 형식적으로 세 번 곡소리를 내더니 나가 버리지요. 그래서 노자의 제자가 쫓아와 그의 무례를 지적합니다. 하지만 진실은 도리어 노자와 그의 제자들을 비판합니다. 노자가 진정으로 자유인이라면 죽음마저도 형벌에서 벗어나듯 즐겁게 맞이해야 하는데, 장례식의 모습을 보니 노자가 가족과 제자들을 잘못 가르친 것이라고요. 도가의 대선배인 노자를 칭송하는 것이 아니라, 친구인 진실의 입을 빌려 비판하는 모습이 인상 깊습니다.

『장자』의 마지막 편에는 다양한 동시대 사상가들에 대한 평가가 실려 있습니다. 노자에 대한 평가도 실려 있는데, 그에게 『도덕경』을 물려받았다는 관윤(윤희)과 함께 평가하고 있어 눈에 띕니다.

> 관윤과 노담은 이러한 풍모를 듣고 기뻐했다. 늘 없음과 있음을 세워 근본으로 삼고, 태일(太一)을 으뜸으로 삼았다. 부드럽고 약하며 겸손하고 아래에 처하는 것을 겉모습으로 삼고, 텅 비어 있으면서 만물을 해치지 않는 것을 실질로 삼았다. …… 그 풍부함과 충실함에 대해 관윤은 "자신에게 머무름이 없으면 형체와 사물은 저절로 드러난다"라고 말했다. 그 움직임은 물과 같고, 그 고요함은 거울과 같으며, 그 응답은 메아리와 같다. …… 노담은 "강함을 알면서 부드러움을 지키면 천하의 계곡이 되고, 깨끗함(영예)을 알면서 더러움(욕됨)을 지키면 천하의 골짜기가 된다"라고 말했다. …… 이들이야말로 옛날의 넓고 큰 참된 사람이다!
>
> 『장자』 잡편 「천하」(天下) 중에서

도학자들 사이에서는 노자의 뒤를 잇는 사상가로 관윤을 꼽는다는 것을 알 수 있습니다. 관윤과 노자에 대하여 서술한 후 최종적으로 박대진인(博大眞人)이라 평가합니다. 넓고, 크고, 참된 사람이라는 이야기지요.

2. 『도덕경』이라는 책

『도덕경』은 약 5천 자의 한자로 이루어진 짧은 책이지만, 그 안에는 우주와 삶을 관통하는 심오한 지혜가 담겨 있습니다. 핵심은 '도(道)'와 '덕(德)', '무위자연(無爲自然)', 그리고 '유지승강(柔之勝剛)', 다시 말해 부드러움이 단단함을 이기는 역설의 지혜로 요약할 수 있습니다.

> 도: 이름 붙일 수 없는 만물의 근원

'도'는 『도덕경』의 시작이자 끝입니다. 그것은 모든 것을 낳고 기르지만, 인간의 언어나 개념으로 포착할 수 없는 궁극적인 실체입니다.

> 세상이 생기기 전에 혼돈이 있었습니다.
> 소리도 형체도 없습니다.
> 홀로 서서 변하지도 않습니다.
> 두루 다니지만 사라지지 않습니다.
> 세상의 어머니라 할 만합니다.

나는 그 이름을 모릅니다.
그냥 도라고 말합니다.
억지로 이름 붙이자면 '크다'입니다.
크니까 끝없이 펼쳐지고
끝이 없으니까 멀어집니다.
멀어지면 돌아옵니다.
도도 크고, 하늘도 크고, 땅도 크고, 왕도 큽니다.
이 네 가지 큰 것 중에 왕도 한 자리 차지합니다.
왕은 땅을 따르고, 땅은 하늘을 따르고, 하늘은 도를 따릅니다.
도는 스스로 그러합니다.

『도덕경』 25장

덕: 도의 발현이자 내재된 힘

'덕'은 얻을 득(得) 자와 통하는 글자입니다. 즉, 각각의 사물이 도로부터 부여받아 내면에 지니게 된 고유한 본성, 잠재력, 능력을 의미합니다. 말에게는 잘 달리는 능력이 덕이고, 물에게는 만물을 이롭게 하고 낮은 곳으로 흐르는 것이 덕입니다.

도는 만물을 낳고
덕은 만물을 기르고
만물은 형태를 드러내고
기운은 만물을 완성시킵니다.

그래서 만물은 도를 존중하고

덕을 귀하게 여기지 않을 수 없지요.

도를 존중하고 덕을 귀하게 여기는 것은

명령하지 않아도 저절로 그렇게 되는 것이지요.

그래서 도는 만물을 낳고

덕은 만물을 기른다고 하는 것입니다.

기르고, 자라게 하고, 형태를 주고,

바탕이 되며, 양육하고, 감싸 줍니다.

낳았지만 소유하지 않고

이루었지만 기대지 않고

길렀지만 지배하지 않습니다.

이를 그윽한 덕이라 말합니다.

『도덕경』 51장

이러한 '도'와 '덕'의 관계를 표로 정리하면 다음과 같습니다.

	도	덕
본질	만물을 낳는 보편적이고 추상적인 근원	개별 사물에 내재하여 작동하는 구체적인 힘
역할	낳는 것, 존재의 가능성을 부여함	기르는 것, 잠재력을 발현시키고 보살핌
속성	텅 비어 있고, 형태가 없으며, 규정할 수 없음	개별적이고, 구체적이며, 각자의 본성으로 드러남
비유	거대한 발전소, 설계도, 씨앗의 생명력	각각의 전구, 설계도대로 지어진 건물, 씨앗에서 싹튼 나무

무위자연: 억지로 행하지 않는 삶의 방식

'무위(無爲)'는 아무것도 하지 않는 게으름이 아니라, '억지로 하지 않음', 즉 자연의 순리를 거스르지 않는 행위를 의미합니다. '자연(自然)'은 '스스로 그러함'으로, 인위적인 목적 없이 본성 그대로 존재하는 상태입니다. 노자는 이 경지를 이렇게 아름답게 노래합니다.

> 학문은 날로 쌓아 가고
> 도는 날로 덜어 갑니다.
> 덜고 또 덜어
> 무위의 경지에 도달합니다.
> 무위의 경지에 도달하면
> 하지 못하는 것이 없어집니다.
>
> 『도덕경』 48장 중에서

무위의 경지에 도달하면, 역설적으로 하지 못하는 것이 없어집니다. 없애야 생겨나고, 비워야 채워지는 신비의 경지가 바로 무위자연의 경지입니다.

유지승강: 부드러움이 단단함을 이기는 역설의 지혜

세상은 강하고 단단한 것을 숭배하지만, 노자는 부드럽고 약한 것이야말로 진정한 강함과 생명력을 지닌다고 봅니다.

세상에 물보다 더 부드럽고 여린 것은 없습니다.

그러나 단단하고 힘센 것을 물리치는 데

이보다 더 훌륭한 것은 없습니다.

이를 대신할 것은 없습니다.

약한 것이 강한 것을 이기고

부드러운 것이 단단한 것을 이기는 것

세상 사람 모르는 이 없지만

실천하지는 못합니다.

『도덕경』 78장 중에서

3. '지금, 여기'의 청소년들에게 노자의 『도덕경』을 권하며

　노자의 『도덕경』은 2500여 년이나 지난 지금까지 동서양을 막론하고 수많은 독자를 만나 새롭게 읽히고 해석됩니다. 러시아의 문호 레프 톨스토이는 『도덕경』을 폭력과 국가 권위에 저항하는 철학적 근거로 삼았고, 심리학자 카를 구스타프 융은 『도덕경』을 서구의 합리주의가 잃어버린 '내면의 지혜'가 담긴 보물 창고라고 생각했습니다. 철학자 라이프니츠나 헤겔, 하이데거는 『도덕경』을 읽고 자신의 사상을 풍성하게 하는 자양분으로 삼았습니다. 물리학자 닐스 보어와 프리초프 카프라는 양자물리학의 세계와 『도덕경』의 음양 사상 사이의 유사성을 발견하고 놀라하며 예찬했습니다.

『도덕경』이 비단 이렇게 유명한 사람들에게만 유용한 것은 아닙니다. 노자가 주장하는 무위자연의 세계관은 전쟁에 휩싸이고, 환경 파괴로 고통받고 있는 많은 사람에게 비폭력과 생태주의가 행복에 이르는 길이라는 영감을 주고 있습니다. 높은 지위나 많은 부를 얻는 것이 행복이라고 생각하며 치열한 경쟁 사회 속에서 힘겨운 하루하루를 살아가는 성인과 청소년에게도, 『도덕경』은 외적인 성취가 아니라 내면적 성찰이 인생에서 중요한 것임을 이야기합니다. 1등만 좋은 세상이 아니라 꼴등도 행복하게 살 수 있는 권리가 있음을, 모든 사람은 평등하고, 귀하고, 아름답게 살아갈 자격이 있음을 알려 줍니다. 많이 배우는 것이 아니라 잘 살아가는 것이 최상의 지혜임을 말합니다. 이 위대한 책이 여러분에게 큰 지혜와 용기를 주기를 기원합니다.

작가의 말

세상을 살아가는 데는 지혜와 용기가 필요합니다. 지혜는 마음을 바로잡고, 용기는 몸을 바로잡습니다. 그저 먹고 살아가는 삶이 아니라면, 공부와 훈련이 필요합니다. 지혜와 용기는 거저 얻어지는 것이 아니기 때문입니다. 이는 학교에 다니는 학창 시절뿐만 아니라 평생에 걸쳐 필요한 덕목입니다.

나는 오늘도 지혜와 용기를 바랍니다. 지혜를 얻는 데 독서만 한 것이 없습니다. 어떤 책을 읽어도 상관없지만, 그래도 오랜 세월 인류에게 검증받은 좋은 책을 읽는 것이 좋습니다. 이렇게 오랜 시간 견디고 살아남은 책을 '고전'이라고 합니다. '오래된 지혜가 담긴 책'이지요. 오래되었다고 낡은 것이라 생각하면 안 됩니다. 장인이 만든 작품은 오래되면 될수록 그 가치가 더욱 높아집니다. 시간이 흐를수록 낡아지는 것이 아니라 더욱 새로워지는 것이 고전입니다.

　평생에 걸쳐 많은 고전을 읽고 지혜를 얻으려 했으나, 모든 책에서 같은 양의 지혜를 얻은 것은 아닙니다. 어떤 책은 어려워서, 어떤 책은 지루해서, 어떤 책은 나의 삶에 도움이 되지 않아서 읽다가 놓아 버렸거나 설렁설렁 읽고는 책꽂이에 꽂아 두어 먼지가 쌓이기도 했습니다. 책에도 인연이 있나 봅니다. 나와 인연이 있는 책을 소중히 생각하며 여러 차례 읽고 지혜를 얻었습니다.

　그렇게 인연을 맺은 책 중에서 하나를 꼽으라면 단연 노자의 『도덕경』입니다. 이 고전을 읽고 또 읽고, 수십 번을 고쳐 읽었습니다. 공자가 『논어』 6편에서 "아는 것은 좋아하는 것만 못하고, 좋아하는 것은 즐기는 것만 못하다"라고 말한 것처럼, 『도덕경』을 알게 되고, 좋아하게 되고, 즐기게 되었습니다. 그래서 『도덕경』을 이용하여 공부론을 쓰기도 했고, 창작론을 쓰기도 했습니다. 이번에는 소설을 썼네요.

　이번에 쓴 『노자, 가파도에 가다』를 쓰는 데는 용기가 필요했습니다. 사실 이 소설을 쓰기 전에 여러 어려움을 겪었거든요. 여러분도 겪으셨겠지만 전 세계를 휩쓴 코로나19 팬데믹은 수많은 사람의 삶을 무너뜨렸습니다. 저도 예외는 아니어서, 코로나19 팬데믹 기간에 10년 넘게 운영했던 도서관 문을 닫아야 했습니다. 사람들을 만나지 못하니 책을 써도 함께 이야기 나누지 못했습니다. 고립감과 좌절감을 느꼈습니다. 가족과 친구, 동료들이 보살펴 주지 않았다면 많이 힘들었을 것입니다.

어쨌든 그렇게 여차여차해서 제주도에서도 가파도까지 흘러 내려왔습니다. 많은 것을 버리고, 포기하고 거의 맨몸으로 가파도에 와서 매표원으로 취직하고, 작은 집을 얻어 고양이들과 살게 되었습니다. 그리고 서서히 몸과 마음이 치유되었습니다. 혼자 지내지만 외롭지 않았습니다. 책도 다시 읽고, 글도 다시 쓰게 되었습니다. 해와 달과 별과 바람, 바다와 파도와 바위와 꽃과 풀, 갈매기와 제비와 참새와 고양이, 그리고 자연스럽게 낡아 가는 집과 돌과 물건들이 나를 위로했습니다. 애써 살지 않아도, 부유하게 살지 않아도, 천천히 자연스럽게 삶을 살아도 된다고 소리 없이 말해 주었습니다.

한편, 그 시간은 노자가 쓴 책을 읽으며 노자의 마음과 통하는 시간이기도 했습니다. 다시 글쓰기를 시작하여, 글 쓰는 몸을 만들었습니다. 훈련입니다. 그 글 쓰는 몸으로 이제 『노자, 가파도에 가다』를 쓸 수 있게 되었습니다. 고맙고 고마운 일입니다.

서양 철학자 카를 야스퍼스는 인류에게 위대한 지혜를 남긴 4대 성인으로 붓다, 소크라테스, 공자, 예수를 꼽았습니다. 그런데 그중 하나인 공자가 노자를 찾아가 지혜를 구했습니다. 공자는 노자에게 직접 배우지 못했지만, 스승처럼 여겼습니다. 그러니 노자는 지혜로운 사람 중에 지혜로운 사람이라 말할 수 있습니다. 노자가 인류에게 남긴 유산은 고작 5천여 자 되는 한문이었습니다. 그 짧은 글을 쪼개고 나눠서 81편의 시로 엮은 것이 『도덕경』입니다.

2500년이 더 지난 글이 지금까지도 읽히고 있다는 것은 차라리 기적에 가깝습니다. 그것도 시대와 지역을 넘어 지금도 전 세계적으로 다시 읽히고 있다는 것이 정말 놀랍습니다. 그 책을 읽는 사람 중에 내가 있다는 것도 놀라운 일이고, 이 글을 지금 여러분이 읽고 있다는 것도 놀라운 일입니다. 인연이 아니라면 이런 일은 벌어지지 않습니다. 놀랍고 놀라운 일입니다.

이제 『도덕경』을 읽으며 쓴 소설 『노자, 가파도에 가다』를 여러분에게 보냅니다. 이 소설에는 두 명의 노자가 등장합니다. 한 명은 소설의 주인공인 노자이고, 다른 한 명은 『도덕경』을 쓴 노자입니다. 둘은 전혀 다른 사람이지만, 인연이 있는 사람입니다. 산 자와 죽은 자가 이렇게 만납니다. 산 자가 죽은 자에게 지혜를 구하고, 죽은 자가 산 자를 살립니다. 독서는 바로 그런 기적을 만드는 마법 같은 행위입니다.

이 소설은 『장자, 아파트 경비원이 되다』의 후속작이기도 합니다. 8년 전에 『장자, 아파트 경비원이 되다』를 출간하며 언젠가 노자를 주제로 한 소설을 쓰리라 다짐했는데, 이제야 그 다짐이 현실이 되었네요. 오랜 시간 기다려 준 사계절출판사에 고맙습니다. 그리고 이 책을 읽고 다듬어 주고 멋진 충고를 해 주었던 이창연, 장윤호 편집자께 감사드립니다. 멋진 그림을 그려 주신 윤여준 작가께도 감사의 말을 전합니다. 덕분에 책이 더욱 멋져졌습니다.

나와 인연을 맺고 어려운 시절 나를 보살펴 주었던 가족, 친구, 지인들에게 이 책을 선물하고 싶습니다. 덕분에 지금까지 잘 살았다고, 앞으로도 잘 살아 보겠다고 말하고 싶습니다. 그리고 마지막으로 제주도와 가파도에서 새로 인연을 맺은 모든 만물 중생에게 감사의 큰절을 올립니다. 여러분이 나입니다. 내가 여러분입니다. 아무리 어두워도 빛나는 나날입니다.

2025년 눈이 부시게 푸르른 날에 가파도에서
김경윤

노자, 가파도에 가다

2025년 8월 22일 1판 1쇄

지은이		
김경윤		
편집	디자인	
이진, 이창연, 장윤호	박다애	
제작	마케팅	홍보
박흥기	김수진, 이태린, 이예지	조민희
인쇄	제책	
천일문화사	J&D바인텍	
펴낸이	펴낸곳	등록
강맑실	(주)사계절출판사	제406-2003-034호
주소		전화
(우)10881 경기도 파주시 회동길 252		031)955-8588, 8558
전송		
마케팅부 031)955-8595, 편집부 031)955-8596		
홈페이지	전자우편	
www.sakyejul.net	skj@sakyejul.com	
블로그	페이스북	트위터
blog.naver.com/skjmail	facebook.com/sakyejul	twitter.com/sakyejul

ⓒ 김경윤 2025

값은 뒤표지에 적혀 있습니다. 잘못 만든 책은 서점에서 바꾸어드립니다.
사계절출판사는 성장의 의미를 생각합니다.
사계절출판사는 독자 여러분의 의견에 늘 귀 기울이고 있습니다.
이 책은 저작권법에 따라 보호받는 저작물이므로 무단 전재와 무단 복제를 금합니다.

ISBN 979-11-6981-387-7 44150
ISBN 978-89-5828-570-0 (세트)

사계절 지식 소설

이젠 진짜 리더십이 필요해!
십대를 위한 리더십 사용 설명서

이남석 지음

누가 뭐래도 내 길을 갈래
10대, 직업과 진로의 멘토를 만나다

김은재 지음

★ 행복한아침독서 추천도서 ★ 청소년 북토큰 선정도서

어쩌다 영웅
십대를 위한 영웅의 심리학

이남석 지음

★ 경기도학교도서관사서협의회 추천도서

체 게바라와 여행하는 법
길 위에서 만나는 소수자의 철학

신승철·이윤경 지음

★ 책으로따뜻한세상만드는교사들 권장도서 ★ 행복한아침독서 추천도서
★ 경기도학교도서관사서협의회 추천도서

장자, 아파트 경비원이 되다
삶의 지혜를 주는 장자 철학 소설

김경윤 지음

★ 대한출판문화협회 선정 올해의 청소년도서 ★ 국립어린이청소년도서관 추천도서
★ 행복한아침독서 추천도서 ★ 청소년 북토큰 선정도서

아직도 마녀가 있다고?
편견과 차별이라는 오래된 인류의 전염병, 마녀사냥

이경덕 지음

★ 행복한아침독서 추천도서 ★ 청소년 북토큰 선정도서

우리들의 비밀 놀이 연구소
십대를 위한 놀이 인류학

조유나 지음

★ 책으로따뜻한세상만드는교사들 권장도서 ★ 국립어린이청소년도서관 추천도서
★ 학교도서관저널 추천도서 ★ 경기도학교도서관사서협의회 추천도서

삐뚤빼뚤 가도 좋아
십대를 위한 도전과 용기의 심리학

이남석 지음

★ 국립어린이청소년도서관 추천도서 ★ 학교도서관저널 추천도서
★ 전국독서새물결 대한민국 독서대회 선정도서

위기의 지구 돔을 구하라
공존을 위한 생태 과학 소설

이한음 지음

★ 환경교육협회 전국환경과학독후감대회 선정도서
★ 세종도서 교양부문 선정도서

섬과 바다, 이웃과 고양이에게 배우는 노자의 철학
이야기로 만나는 『도덕경』의 지혜

자애롭고, 검소하고, 겸손하게!

인공지능과 기후 위기의 시대, 어느 날 백양에게 옛 친구 미경의 전화가 걸려 온다. 미경의 초대를 받고 제주도 남쪽 작은 섬 가파도로 향하는 백양. 사람과 사람, 사람과 동물, 사람과 자연이 어우러지는 섬 가파도에서 백양은 노자의 철학을 마주한다. 섬이 가르쳐 주는 소국과민, 고양이가 보여 주는 무위자연, 바다가 일러 주는 상선약수까지…… 노자의 지혜가 알려 주는 '좋은 삶'의 열쇠들을 만나 보자.